N·P

N·P

요시모토 바나나 • 김난주 옮김

민음사

N · P
by Banana YOSHIMOTO

Copyright © 1990 by Banana Yoshimoto
All rights reserved.
Japanese original edition published by Kadokawa Shoten Publishing Co., Ltd., Japan.

Korean Translation Copyright © Minumsa 2016

Korean translation edition is published by arrangement with
Banana Yoshimoto through ZIPANGO, S.L.

차례

N·P   7

내가 아는 것은 다카세 사라오라는 시원치 않은 작가
가 미국에서 생활했고, 시원치 않게 살아가던 중에 소설
을 틈틈이 썼다는 것.

마흔여덟 살에 스스로 목숨을 끊었다는 것.

헤어진 아내와의 사이에 두 아이가 있다는 것.

그가 쓴 소설이 한 권의 책으로 엮여, 미국에서 아주
잠시 히트를 쳤다는 것.

그 책의 제목은 『N·P』.

97편의 단편이 수록되어 있다. 끈기가 없는 사람이었는지, 산문처럼 아주 짧은 스토리가 줄줄이 이어지는 책이다.

나는 그 책에 얽힌 얘기를, 나의 예전 연인이었던 쇼지에게 들었다. 그는 공개되지 않은 98번째 스토리를 발견하고 또 번역한 사람이었다.

『백 가지 이야기』*에서는 백 번째 이야기가 끝났을 때 무슨 일이 벌어지게 돼 있는데, 지난여름 내가 겪은 일은 그야말로 그 백 번째에 해당한다. 살아 있는 이야기를 체험한 듯한 기분이다.

그 강렬한 공기, 여름 하늘로 빨려 들어갈 듯했던 기분. 그렇다, 그것은 아주 짧은 기간에 일어난, 하나의 스토리였다.

---

* 촛불을 밝히고 무서운 이야기를 하다가 백 번째 이야기를 마치고 불을 끄면 귀신이 나타난다는 일본의 전승.

돌이켜 보면 나는 고등학생 시절에 다카세 사라오의 자식들을 딱 한 번 만난 적이 있다. 5년도 더 지난 옛일이다.

쇼지를 따라 출판사 파티에 갔을 때였다. 파티장은 넓고, 커다란 테이블에 놓인 은식기에는 알록달록한 음식이 담겨 있고, 수많은 사람들이 여기저기 매달린 카틀레야 꽃 모양 조그만 샹들리에 불빛 아래에서 담소하고 있었다.

젊은 사람은 거의 없었기에 그들을 발견했을 때, 조금은 반가웠다.

쇼지가 누군가와 얘기하고 있는 틈에, 그들이 좀 더 잘 보이는 장소로 이동했다. 그리고 기분이 이상해졌다. 그 두 사람을 밤에 꾸는 꿈속에서 몇 번 만난 적이 있는 듯한 기분이었다. 그러나 이내 현실로 돌아와, 그 두 사람을 보면 누구나 그런 기분이 들겠다는 걸 알았다.

왠지 모르게 향수를 자극하는 남녀였다.

그들을 쳐다보면서 멍하니 있는 내게 쇼지가 말했다.

"저 두 사람, 다카세 씨 아이들이야."

"둘 다?"

내가 물었다.

"이란성 쌍둥이래."

"얘기해 보고 싶다."

"소개해 줄까?"

"칫, 난 여기에서는 스무 살인 척해야 되잖아. 소심한 사람!"

나는 웃었다.

"그렇게 나오기야. 좋아, 가자. 소개해 줄게."

쇼지도 웃었다.

"됐어, 조금 더 보고 있을래. 저 두 사람."

그 정도 거리에서 보는 게 가장 흥미로웠다. 말을 걸면 느긋하게 관찰할 수 없게 된다.

내가 두 사람에 대해서 아는 것은, 둘은 다카세 사라오가 젊은 시절에 결혼해서 낳은 아이들이라는 것. 나이는 대충 나와 비슷하고, 둘이 어렸을 때 다카세 사라오는 이미 집에 없었다는 것. 다카세 씨가 죽은 후, 그들과 엄마는 일본의 친가에 몸을 의지했다는 것.

많은 것들을 보며 살았겠지, 하고 생각하면서 바라보

고 있었다.

둘 다 키가 크고 머리가 갈색이었다. 여자 쪽은 몸매는 가냘프지만, 혈색도 좋고 피부는 탄력이 있었다. 탄탄한 허벅지에 검은 하이힐, 어깨가 드러나는 드레스에 천진난만한 얼굴. 신비로우면서도 밝은 섹시함이 있었다.

남자 쪽도 꽤 잘생겼다. 눈빛이 조금 암울한 것만 빼면 희망이 느껴질 만큼 건강한 몸이었다. 그리고 그 눈에는 어딘가 모르게 광기가 어려 있어, 유전자의 영향을 생각하게 했다.

둘은 왠지 잘 웃었다. 쉴 새 없이 무슨 얘기를 나누면서 방긋방긋 미소 지었다.

그런 모습을 보고 있자니, 언젠가 비슷한 기분에 젖었던 때가 떠올랐다.

옛날에 근처에 있는 식물원을 산책했을 때다. 잔디밭에 누워 있는 엄마와 아이를 보았다. 사람이 거의 없는 드넓은 식물원의, 금빛 저녁 햇살에 빛나는 초록색 잔디. 젊은 엄마는 하얀 타월에 눕혀 놓은 6개월쯤 되어 보이는 아기를, 어르는 것도 아니고 미소를 건네는 것도 아니고 그저 가만히 쳐다보고 있었다. 그러다 때로 생각났다는 듯이 하늘을 올려다보았다.

두 사람의 솜털이 부는 바람에 살랑살랑 투명하게 빛나고, 그 음영이 짙은 광경은 앤드류 와이어스*의 그림처럼 정지해 있었다.

보고 있는 이쪽의 눈길이 슬쩍 저 멀리 물러나 신의 시선이 되는 듯한, 행복과 우울함이 하나로 녹아든, 영원한 저녁 풍경이었다.

그때 그 풍경과 비슷한 것이 다카세 남매를 감싸고 있었다. 밝은 저녁 하늘의 우울. 그것은 젊음으로도 즐거움으로도 지울 수 없는, 피 속에 흐르는 재능의 울림 같은 것이었는지도 모르겠다.

나는 쇼지에게 물었다.

"다카세 사라오 씨 소설, 이제부터 번역하는 거야?"

"응."

쇼지는 나를 보면서 조금은 자랑스럽게 대답했다.

"제목이 뭐였더라, 무슨 이니셜 같은 거였는데."

---

* 미국의 사실주의 화가. 삶과 죽음을 주제로 인간과 자연을 그렸다.

"『N·P』야."

"『N·P』? 그게 뭔데?"

"노스 포인트의 약자."

"무슨 뜻이지?"

"그런 타이틀의 오래된 곡이 있어."

"어떤 곡인데?"

"음, 아주 애절한 곡."

쇼지는 그렇게 대답했다.

그날, 전화 벨소리가 갑자기, 나를 잠의 수렁에서 두들겨 깨웠다.

"……여보세요?"

침대에서 손을 뻗어 수화기를 든 내 귀에 언니의 낮은 목소리가 울렸다.

"가자미? 나야, 잘 지냈어?"

국제 전화 특유의, 툭툭 끊기는 소리에 번뜩 눈이 뜨였다.

"왜, 무슨 일 있어?"

방은 고요하고 어두컴컴했다. 시계를 보니 새벽 5시였다. 커튼 틈으로 보이는 새벽 하늘은 묵직한 회색이었다. 아직 장마철이 끝나지 않았지, 하고 어렴풋이 생각했다.

"아무 일 없어, 그냥 전화한 거야."

언니가 말했다.

"또 시차를 잊었나 보네. 여기는 새벽 5시야."

"아아, 미안."

언니는 웃었다. 그녀는 국제결혼을 해서 지금 런던에 있다.

"그쪽은 몇 시야?"

"저녁 8시."

시차를 생각하면, 늘 신기하다. 간신히 이어져 있는 그 선이 귀중하게 생각된다.

"별일 없지?"

내가 물었다.

"음, 그러고 보니까, 꿈에 너를 봤네."

언니가 말했다.

"우리 동네에서 너를 보는 꿈. 꽤 나이 많은 남자랑 팔

짱 끼고 걷고 있던데."

"우리 동네? 런던 말이야?"

"응. 우리 집 뒤에 있는 교회 언저리였어."

"꿈처럼 됐으면 좋겠다."

나는 신이 나서 말했다. 옛날부터 언니의 꿈은 잘 들어맞았다.

"그런데, 두 사람이 좀 슬픈 표정이었어. 말을 걸 수가 없더라고. 남자는 키가 크고, 예민해 보였어. 하얀 스웨터를 입고 있었고. 너는 세일러복 차림이었고. 그래서, 왜 있잖아, 불륜 비슷한 이미지인가 하고."

"안 해, 그런 거."

그렇게 대답하면서 속이 뜨끔했다. 언니의 꿈속에서 나는 쇼지와 걷고 있었던 것이다.

그러나 언니는 쇼지를 모른다.

"뭐야, 그럼 내가 감이 둔해졌나."

"응, 그런 일 없어."

대답하면서 나는 생각했다. 이것은 무슨 암시일까. 요즘 들어 나 역시 그를 떠올리는 순간이 늘었다. 게다가 회상이 아니라, 비 내리는 하늘에, 검게 젖은 아스팔트에,

길 모퉁이에서 빛나는 유리창에, 그의 그림자가 언뜻언뜻 스치곤 했다. 줄곧 잊고 있었는데.

"형부는 잘 있어?"

"그럼. 겨울 되면 같이 일본 갈 거야. 엄마랑은 만나니?"

"응, 가끔. 엄마가 언니 보고 싶어 해."

"그래, 안부 전해 주고. 끊는다, 깨워서 미안해. 또 전화할게."

"시차 확인한 후에 걸어."

"알았어. 불행한 불륜만큼은 조심하고."

언니는 웃었다. 알았어, 알았어, 하고는 전화를 끊었다.

수화기를 내려놓자, 방 안의 고요함이 또렷한 윤곽을 띠고 밀려왔다. 하루가 시작되기 전의 파랑.

나는 왠지 마음에 걸려 침내에서 내려왔다. 책상 아래 서랍을 열어, 좀처럼 꺼내 보지 않는 상자의 뚜껑을 열었다. 낡은 페이퍼백 『N·P』 한 권과 바인더와 묵직한 롤렉스 시계.

이것들이 쇼지가 남긴 유품이다.

그는 4년 전에 수면제를 삼키고 자살했다. 그리고 이것들은 내 손에 들어왔을 때부터 내 마음 어딘가에 늘 남아 있었다.

예를 들어 내가 일하고 있는 한낮의 대학 연구실에서. 문득 귀 기울이다가 동네를 질러가는 사이렌 소리가 멀리서 들리곤 할 때, 우리 집 근처인가, 하고 생각하는 그런 때면 반드시 떠오른다. 그만큼 무거운 물건들이다.

확인하듯 손에 들었다가 제자리에 돌려놓고, 나는 다시 침대로 들어갔다. 그리고 또 잠에 빠졌다.

나는 열아홉 살이 될 때까지 엄마와 언니와 셋이 살았다.

나는 아홉 살, 언니가 열한 살일 때, 아빠와 엄마가 이혼한 것이다. 아빠에게 좋아하는 여자가 생긴 것이 원인이었다.

그때까지 통역 일을 하느라 여기저기 뛰어다녔던 엄마는 우리를 위해 집에서 할 수 있는 번역으로 일을 바꾸고, 초벌 번역에서 인터뷰 번역까지 온갖 일거리를 받게 되었다.

아빠가 없어서 허전했지만 그 생활은 재미있었다. 셋이 있으면, 나이와 역할이 하루에도 몇 번이나 뒤바뀌었다. 한 사람이 울면 한 사람이 위로하고, 한 사람이 마음 약한 소리를 하면 한 사람이 기운을 북돋아 주고, 한 사람이 어리광을 부리면 한 사람이 다정하게 안아 주고, 한 사람이 화를 내면 한 사람이 실수를 고쳤다.

그런 식으로 지내다 그 생활에 익숙해졌다.

함께 있을 수 있는 시간이 많지 않으니까, 하면서 엄마는 우리에게 영어를 가르쳤다. 밤 10시가 지난 시간, 부엌 테이블에 노트를 펼쳐 놓고 한 시간 동안 공부했다. 발음과 단어와 간단한 회화를. 어린 우리는 속으로, 이게 뭐 하는 짓이야, 하고 생각했지만 엄마를 위해 꾹 참고 참가했다.

그래서 우리에게 엄마가 함께 있는 가장 가슴 찡한 풍경은 부엌에 선 엄마의 뒷모습이 아니다. 은테 안경을 끼고 영어를 가르치는 초췌한 옆모습, 두꺼운 사전을 휘릭휘릭 넘기는 하얀 손가락이다. 우리에게 가르치면서 기초 수준도 안 되는 영어를 다시 한 번 자신의 마음에 새기는, 자신이 살아온 인생의 라인을 더듬는, 그런 필사적인 모습이 아름다웠다.

지금은 따로 살지만, 만날 때마다 엄마는 내가 영미 문학 연구실에 취직하고 언니가 외국인과 결혼'할 수 있었던 것은 엄마에게 영어의 묘미를 배웠기 때문'이라며 웃는다. 지금도 엄마의 그런 면을 다른 어떤 면보다 사랑스럽다고 생각한다.

그날 아침 나는, 갑자기 반짝 눈을 떴다. 처음 눈에 날아든 것은 커튼 틈새로 보이는 투명한 여름 하늘이었다. 지금까지 꾸던 꿈과 톤이 비슷하게 느껴졌다.

꿈속에서 나는 울고 있었다. 꿈속의 맑은 강에서 사금을 캐 가지고 돌아온 듯한 기분이었다.

'슬퍼서 울었는지, 아니면 슬픈 일에서 벗어나 울었는지. 어느 쪽이든 아직 깨고 싶지 않았는데.'

멍하게 그런 생각을 했다.

약간 열린 창문으로 시원한 바람이 불어들었다.

덕분에 그날은 연구실에 출근해서도 그 기분에서 벗어나지 못했다.

그래서 나는 찻잔을 깨는가 하면 복사를 잘못하는 실수를 계속했다.

"이상하네."

그런 말을 중얼거렸다. 정말 무언가가 이상했다.

꿈의 감촉이 현실에 파고든 듯한 느낌이었다.

문득 정신을 차리고 보면, 어떤 꿈이었지, 하고 생각하고 있었다.

그래서 그 전화도 받지 못해, 벨이 계속 울리고 있었다. 아침부터 시작해 열 몇 번째 실수였다. 교수가 전화를 받으면서 어이 없다는 표정으로 나를 쳐다보았다.

"여보세요."

그 말을 들었을 때야 정신을 차렸다.

"가노, 자네에게 온 전화야."

피식 웃으면서 교수가 내게 수화기를 내밀었다. 죄송합니다, 하고는 수화기를 받았다.

"여보세요."

그러자 전화가 끊겼다. 나는 고개를 갸우뚱하고서 교

수에게 물었다.

"이름, 말하던가요?"

"아니, 가노 씨 있느냐고만 물었는데. 여자였어."

교수가 대답했다.

"그보다 가노, 오늘 피곤한 것 같으니까 좀 일찍 쉬어."

"네? 그래도 아직 11시인데."

내가 말하자, 지금까지 모르는 척하고 있던 연구실 사람들이 각자의 책상에서, 괜찮으니까 그러라고 한마디씩 했다.

그 말에 떠밀리듯 연구실에서 나왔다.

내가 오늘 그렇게 이상한가, 생각하면서 운동장을 지나 교문을 나섰다. 자각은 없었다. 다만 현실에 몸이 아직 적응되지 않아, 세상이 신선해 보였다. 그래 어쩌면 그거, 이 세상에 태어날 때 꿈이었는지도 모르겠네, 하는 생각도 들었다.

학교 뒤쪽 언덕길 중간에 책방이 있다. 두 배로 늘어난 점심시간 덕에 책이나 살까 싶어 언덕을 오르고 있었다.

그리고, 언덕 중간에서 오토히코와 우연히 마주쳤다.

인생에서 두 번째 만남이었다.

언덕길을 옆으로 가로지르는 오래된 상점 거리를 지난 지점, 여전히 아무 생각 없이 옆을 보면서 파란 하늘에 펄럭이는 상점 거리의 은색과 분홍색 조화에 한눈을 팔고 있을 때였다. 그것들의 춤추는 잔상이 눈가에 남아 있었던 것을 지금도 기억하고 있다.

그러다 문득 앞을 올려다보니, 본 적 있는 사람이 언덕길을 내려오고 있었다.

"아, 그쪽은."

나는 반사적으로 그렇게 말했다.

"다카세 선생님의 아들."

"⋯⋯그런데요?"

그는 이상하다는 눈빛으로 그렇게 말했다. 당연했다. 당황한 나는 얼른 내 소개를 했다.

"옛날에 H 사의 파티에서 한 번 본 적이 있어요. 저, 가노 가자미라고 합니다."

그는 나를 빤히 쳐다보고는, 아, 맞다, 하고 말했다.

"번역가 도다 쇼지 씨와 같이 있었던 사람."

"기억하고 있나 봐요."

"그때, 젊은 사람이 우리밖에 없어서, 눈에 띄었으니까."

그가 웃었다.

"이 부근에 살아?"

내가 편하게 물었다.

"응. 원래 집은 요코하마지만, 지금은 누나 집에 있어. 누나는 이 언덕 위에 살고 있고. 바로 저기 있는 T 대학 대학원에서 심리학을 공부해."

"뭐? T 대학?"

"응."

"묘한 우연이네. 나도 그 대학 영미 문학 연구실에서 일하고 있는데."

"그렇군. 아, 누나는 그 파티 때 나랑 같이 있었던 사람이야. 이름은 사키라고 하고."

"이 부근에서 스쳐 지난 적도 있겠다."

"시간 있어? 같이 차 마실까?"

그가 말했다. 시간은 아직 넉넉했다.

"응, 좋아."

역 앞에 있는 휑한 찻집에서 마주 앉아 커피를 마셨

다. 내게 그는 이야기 속에나 존재하는 과거의 인간, 이런 일이 생길 줄은 꿈에도 몰랐다. 이상한 느낌이었다. 새삼스럽게 보니, 그는 상당히 많이 변해 있었다. 눈빛이 그 하얀 폴로셔츠와 매끈한 볼이 주는 인상과는 전혀 어울리지 않게 어두웠다. 처음 만났을 때는 그렇지 않았다.

"오토히코 씨, 많이 변했네."

"그런가?"

"나보다 아주 나이 많아 보여. 실제로는 두 살 차이밖에 나지 않는데. 당신에 대해서는 뭐든 알고 있으니까."

"그럼, 너는 지금, 스물둘?"

"응."

"그럼, 그때는 아직 고등학생이었겠군."

"응."

"5년 전이라…… 내 생각에는 전혀 나이를 안 먹은 것 같은데, 외국에 있었으니까."

"어디?"

"보스턴. 지난 4월에 막 돌아왔어."

그렇구나. 그는 명료하지 않게 닫혀 있었다. 그것은 무언가에 짓눌려 뒤틀리고 만 운명 속에서 온 힘을 다해 자

존심을 지켜 온 사람만이 지니는 특유의 것이다. 예전에
는 없었던 감촉이다.

"계속 일본에 살았지?"

"응, 요코하마의 할아버지 할머니 집에."

"아버지 돌아가신 후에 바로?"

"그래. 우리가 어렸을 때도 아버지는 집에 없었지만,
호적은 그대로 있었으니까. 할머니 할아버지가 적적하다
고 우리를 불러들였어."

"그게 몇 살 때였는데?"

"열네 살 때였나. 아버지의 죽음으로 엄마는 충격이
컸나 봐. 그래서 우리, 괜히 어른스럽게 굴면서 엄마에게
여행을 떠나자고 했어. 여기저기 돌아다니다 돌아와서, 이
제부터 어떻게 하나 싶을 때 마침 일본에 오지 않겠느냐
는 말이 나와서. 엄마는 망설였지만, 우리가 가자고 했지.
할아버지 할머니는 엄마의 앞날…… 그러니까, 재혼에
대해서 관대했고, 그때 그대로 셋이 지내면 엄마가 망가
질 것 같았어. 우리는 사실 정든 그곳을 떠나고 싶지 않
았지만, 가고 싶은 척했어. 참 다부졌지."

"알아, 우리도 그랬으니까. 엄마가 아빠와 이혼해서,

언니랑 나랑 여자 셋만 남았어."

"그렇게 모여 사는 건, 건전하지 않지."

"맞아, 없는 사람의 존재감이 굉장했어."

"노이로제 비슷한 상태가 된 적도 있었겠지, 모두가?"

"그래, 있었지."

내가 말했다.

"나, 한동안, 말을 하지 못했어."

"그 일 때문에?"

그가 흥미롭다는 듯이 물었다.

"그랬나 봐. 별 이유 없이 말이 나오지 않았는데, 또 별 이유 없이 나왔어."

"그때 네 조그만 몸 안에서, 엄청나게 격한 전쟁 같은 게 벌어졌나 보다."

그랬다. 아빠가 사라진 지 두 달쯤 지났을 때, 잔뜩 긴장하고 있던 엄마가 망가지는 것을 감싸듯이 목소리가 나오지 않았다.

눈이 펑펑 쏟아지던 날의 방과 후, 밖에서 너무 오래 논 탓에 밤이 되자 열이 펄펄 끓었다. 며칠이나 학교에도 가지 못하고 누워 지냈다. 온몸이 아프고 목도 퉁퉁 부었다.

그러다 문득, 누운 채 열에 시달려 축 늘어진 내 귀에 엄마와 언니가 얘기하는 소리가 들렸다.

"……왜 그렇게 생각하는데?"

엄마가 언니에게 물었다.

"왠지 그냥, 그런 생각이 들어."

언니가 대답했다.

"가자미가 앞으로도 계속 말을 못 할지 모른다고?"

엄마가 말했다. 그 무렵, 눈에 띄게 심해진 신경질적인 울림의 목소리로.

"응."

언니는 담담하게 대답했다.

언니는 옛날부터 감이 뛰어난 사람이었다. 전화벨이 울리면 누구에게 온 전화라느니, 날씨가 어떻게 변할 거라느니, 사소한 일들을 잘 맞혔다. 그런 때의 언니는 유난히 침착해서, 어른 같았다.

"그 말, 가자미 앞에서 하면 안 된다."

엄마는 조금은 겁에 질린 목소리로 말했다.

"알았어"

그렇구나, 목소리가 안 나올지도 모르는구나. 나는 냉담하게 그렇게 생각했다. 시험 삼아 꽉 막힌 목으로 소리를 쥐어짜려 해 보았지만, 쉰 소리조차 나오지 않았다.

얼음주머니 때문에 절반은 가려진 시야, 고개를 움직여 창밖을 보니 분홍색 저녁노을이 선명한 층을 이루며 서쪽 저 멀리까지 이어졌다. 순간적으로, 열에 시달리는 머리로는 뭐가 현실에 있었던 일인지 알 수 없었다.

없어진 아빠가 다른 곳에 가정을 꾸렸다는 것.

밤마다 영어 공부를 하고 있다는 것.

눈이 펑펑 내려 교정을 새하얗게 덮었다는 것. 돌아오는 길에 이미 머리가 뜨끈했고, 가로등 불빛이 부옇게 번져 보였다는 것.

……그래, 나쁜 일은 한꺼번에 겹친다더니, 이런 걸 말하나 보네, 하고 절실하게 생각했다.

실제로 감기는 다 나았는데도 목소리는 나오지 않았다. 엄마와 언니는 나를 애물단지라도 다루듯 안절부절못했다. 의사는 물론 심인성일 수 있다는 암시를 해서, 돌아오는 길에 엄마는 눈물을 글썽였다.

모두가 불안한 탓에, 스스로 자신의 몸을 통제할 수 없다는 공포에 사로잡혀 있었는지도 모르겠다.

처음에는 말을 할 수 없어 답답했지만, 엄마가 마음 편히 먹으라 하고는 그냥 내버려 둔 덕분에 점차 기운을 되찾았다. 학교에는 가지 않았다. 낮에는 집에서 지내고, 이른 아침과 저녁때면 밖에 나가 걸어 다녔다.

말을 하지 않는다는 것은 말을 잃어버리는 것이기도 했다.

처음 이틀 정도는 말을 하던 때와 똑같이 생각했다. 예를 들면, 언니가 발을 밟으면 '아프다.' 하고 분명하게 말로 생각했다. 텔레비전 화면에 아는 장소가 비치면 '아, 저기, 거기다. 언제 찍은 거지.' 하고 마치 말을 하는 것처럼 생각했다.

그런데 말이 소리가 되지 않으면서 미묘한 변화가 생겼다. 말의 배경이 되는 색감이 보이기 시작한 것이다.

언니가 나를 상냥하게 대할 때, 나는 언니를 분홍색 밝은 빛의 이미지로 파악했다. 영어를 가르치는 엄마의 말과 눈길은 차분한 금색, 길거리에서 고양이를 쓰다듬으면 손바닥을 통해서 짙은 노란색 기쁨이 전해졌다.

그렇게 느끼며 살다 보니, 언어가 지닌 한계가 강압적으로 느껴졌다.

아직 어릴 때였으니까, 몸으로 안 것이리라. 나는 그때 비로소 표현하는 동시에 사라지는 언어라는 것에 깊은 관심을 갖게 되었다. 순간과 영원을 동시에 포함하는 도구.

말이 튀어나온 것도 참 갑작스러웠다.

비 내리는 날이었다. 학교에서 돌아온 언니와 둘이 고타쓰에 발을 밀어 넣고 엄마가 돌아오기를 기다리고 있었다. 나는 누워서 자는 것도 아니고, 잡지를 읽는 언니를 가만히 쳐다보고 있었다. 언니는 팔락팔락 물방울이 떨어지는 것처럼 규칙적으로 페이지를 넘기고 있었다. 빗소리 너머로 옆집의 텔레비전 소리가 들려왔다. 유리창은 김으로 뽀얗고, 방 안은 더울 정도로 따뜻했다. 나는 생각했다.

이제 곧 엄마가 늘 그런 것처럼 빵빵한 슈퍼마켓 주머니를 두 손에 들고 조금 지친 표정으로 돌아오리라. 아침에 먹다 남은 된장국, 장 봐 온 반찬, 엄마표 샐러드, 과일. 밥을 짓는 구수한 냄새 속에서 엄마는 일하고, 준비가 다 되면 나와 언니가 밥을 푼다. 다 먹고 나면 영어 공부를 하고, 텔레비전을 보고, 목욕을 하고, 잘 자라는 인사를 하고 잠자리에 든다. 가물가물 잠이 들 무렵, 옆 침실로 들어가는 엄마의 슬리퍼 소리가 들린다.

따끈한 행복이었다. 셋뿐인데 여러 사람이 함께 있는 것 같은 안도감이 있었다.

그때, 언니가 말했다.

"가자미, 자니?"

"아니."

나는 말했다. 막상 소리 내어 말하고 보니, 별거 아니었다. 다만, 자신의 목소리가 멀게 들려 좀 답답했다. 오랜만에 듣는 정겨운 음색이었다.

"가자미, 너 지금 말한 거니?"

언니가 놀라서 물었다.

"그런 것 같네."

나는 조심스럽게 말했다.

"줄곧, 말을 안 한 거야?"

"아니, 정말 목소리가 안 나왔어."

"어떤 느낌이었어? 힘들었어?"

"아니, 그냥 많은 것들을 조금씩 이해하게 되는 것 같은 느낌이었어."

확인하듯이 둘이서 일부러 오래 얘기했던 기억이 난다.

"내가 말을 하게 되니까 겨우 집안이 백야에서 벗어난 느낌이었어. 지금 와서 돌이켜 생각해 보니까, 그렇다는 거지만."

나는 말했다.

"우리 집에도 비슷한 일이 있었어. 내가 학교에 가는 걸 거부했거든. 학교에 가는 척하면서 나이를 속이고 아르바이트를 하기도 했고."

오토히코가 말했다.

"그러다 들통났을 때, 그때 비로소 할아버지 할머니랑 사이가 좋아진 듯한 기분이었어."

"그랬구나."

나는 말했다.

"기분이 좀 이상하다. 이야기 속 사람이랑 있는 것 같아."

"내가?"

"응, 3차원에서 다시 만난 것처럼."

나는 웃었다. 오토히코는 잠시 망설이는 듯하더니 말을 꺼냈다.

"쇼지 씨가 자살을 했다고?"

"그래. 그 소설을 번역하는 도중에."

"사귀었던 거야?"

"응."

"그렇구나."

"하지만, 너랑 네 누나가 그 사람에게 98번째 스토리를 건넸기 때문은 아니야."

"그가 그렇게 말했어?"

이상하다는 듯이 그가 물었다.

"응. 다카세 씨 유족에게 받았다고 했는데. 그리고 일본에서 출판할 거라고 분명하게 말했고."

"그랬구나, 아쉽게 됐네."

그가 말했다. 무언가를 감추고 있는 듯한 눈치였지만, 그걸 안다 한들 죽은 사람이 돌아오는 것은 아니기에 그이상 캐묻지 않았다.

"이제 아무도 출판하려고 하지 않아."

나는 웃었다.

"저주를 받은 거지."

"그래. 일본어 번역에 관계한 사람이 셋 다 죽었으니.

알고 있지?"

"응. 처음 번역한 대학교수, 초벌 번역을 맡았던 여학생, 그리고 쇼지. 모두, 자살했지. 왜 그랬을까?"

"일본어와 궁합이 안 좋은 걸까. 누나는 아직도 그걸 연구하고 있어. 난, 그 책이 사람들에게서 잊히면 좋겠어. 죽은 사람과 똑같이 말이야. 우연이 아니라고. 그 책에 매료된 사람, 번역하려던 사람은 모두 다 내면에 자살하고 싶다는 마음을 품고 있었을 거야. 그래서 책이 그들을 부른 거지."

"무서운 말이네."

"그 책 좋아해?"

"응, 매력적이라고 생각해."

나도 그 책을 몇 번이나 읽은 독자의 한 사람이다. 읽다 보면 늘, 가슴속 깊은 곳에 있는 진하고 뜨거운 액체에서 부글부글 거품이 끓어오른다. 몸으로 하나의 우주가 들어온다. 그리고 몸 안에서 생명을 지닌다. 쇼지가 죽고 한참이 지나 시험 삼아 번역해 본 적이 있다. 시기도 나빴는지 모르지만, 무서웠다. 영문을 일본어 글자로 옮길 때, 검은 숨이 피어올랐다. 그 느낌이 머리에서 떠나지 않았다. 옷을 입은 채로 파도에 휩쓸려 어떻게 되든 상관없다 싶은 심정으로 먼 바다를 향해 헤엄쳐 갈 듯한, 젖은 몸에 휘감기는 옷 같은 감촉이었다. 다행히 나는 천연덕스러운 고등학생이라, 거기서 멈췄다. 멈출 수 있을 만큼 마음이 건전했던 것이다. 아마도.

그때 느꼈던 것을 풍경으로 표현한다면, 가령 바람에 흔들리는 한없는 은색 억새밭, 또는 파란 산호들의 깊은 바다. 그곳에서 스쳐 지나가는 알록달록한 물고기들의, 이미 산 생물이 아닌 고요함.

그런 세계가 머릿속에 있다면, 오래 살 수 있을 리가 없다. 눈앞에 있는 오토히코 아버지의, 슬픈 정신을 생각했다.

"실제로도 일본어는 참 신기한 언어야. 조금 전에 한 말과 상반되지만, 일본에 와서 아주 오래 산 듯한 기분이 들어. 말이 마음속까지 깊이 들어와. 일본에 와서야 아버지가 일본 사람이었고, 일본어를 베이스로 글을 썼다는 걸 새삼 이해했어. 그러니까 일본어로 번역할 때만 좋지 않은 일이 생기는 거겠지. 일본에 대한 아버지의 강렬한 향수가 담겨 있어서. 처음부터 일본어로 썼으면 좋았을 텐데."

사실이 어떤지는 잘 모르겠지만, 어느 면에서는 내 생각에 아주 가까운 의견일지도 모르겠다고 생각했다. 나는 물었다.

"소설가가 되고 싶은 거니?"

"지금은 아직 생각하고 있지 않아. 하지만 생각했던 적은 있어."

그가 대답했다.

"98번째 스토리, 어떻게 생각해?"

내가 물었다.

"그건 왜 묻는데?"

아주 이상하다는 듯이 그가 되물었다.

"근친상간 얘기잖아. 아버지가 실제로 누나에게 그런 연심을 품은 사람이었다고 생각해?"

그는 분명하게 대답했다.

"응, 생각해. 별로 만난 적은 없지만, 그 사람은 역시 미친 사람이었어."

98번째는 그런 이야기다. 주인공은 이혼하고 혼자서 스산하게 생활하는 중에, 변두리 클럽에서 알게 된 한 여자와 사랑에 빠진다. 아직 미성년인 듯한 그녀와 몇 번을 잔 후에야 자신의 딸이라는 것을 안다. 그럼에도 그 딸의 강렬한 매력에 포로가 되고 만다.

"단순히 롤리타 콤플렉스 같은 게 아니라, 마지막에는 약이나 술 때문인지, 굉장히 환상적이잖아? 그녀의 비인간적인 아름다움을 표현한 부분은 거의 코난 도일의 형이 그린 인어 그림 같고. 무척 좋아했는데."

나는 말했다. 그는 조금은 겸연쩍은 듯이, 그리고 자랑스러운 듯이 고개를 끄덕였다. 그래서, 그는 자기 아버지를 자랑스럽게 생각하는구나, 하고 느꼈다.

"세상에 선보이고 싶었는데."

"언젠가 사키가, 아, 우리 누나가 그렇게 할 거야. 하고 싶어 하니까."

그가 말했다.

"그런데 너, 98번째 스토리 갖고 있어?"

"응, 쇼지의 유품으로 받았는데."

"그거, 갖고 싶어 하는 사람이 있으니까, 조심하는 게 좋을 거야."

"누나?"

조심하라는 말의 묘한 뉘앙스에 놀라서 물었다.

"아니, 누나는 아니야. 누나가 만약 갖고 싶다면 찾아가서 복사를 하게 해 달라고 정중하게 부탁하겠지. 좀 심각한 마니아가 또 한 사람 있는데, 자기도 98번째 스토리를 갖고 있으면서, 관련된 모든 것을 갖고 싶어 한다니까."

"아는 사람?"

"얼마 전까지 계속 같이 여행했던 여자. 같이 돌아왔는데, 널 알고 있는 것 같아서."

"마니아와 사귀고 있는 거야?"

나는 웃고 말았다.

"응, 그런 인정사정없는 정열에 약해서."

그도 웃었다.

"아버지의 흔적까지 사랑하나 보네, 그 사람."

"그런 거, 재미있고 좋잖아."

"이상한 사람이네, 너도."

"너도, 왠지 오래 알고 지낸 사람같이 느낌이 이상해."

"오래 알고 지낸 사람 맞지."

"하긴. 피차 한때 그 소설 생각만 했던 적이 있으니까, 공통점이 많겠지. 그래서 이렇게 얘기하기도 쉬운 거고."

"지금도 가끔 생각해."

"나도. 날마다 생각하고 있는지도 모르지. 몸에 배어 있어, 무슨 저주처럼."

그가 중얼거리듯 한 말이 마음에 남았다.

서로에게 주소를 가르쳐 주고, 다시 만나기로 약속하고 헤어졌다.

지금도 때로 생각한다. 쇼지에 대해서.

고등학생이었던 나는 그를 좋아하게 되었고, 모든 것을 흡수하듯 푹 빠져 사랑했다. 거의 날마다 함께 외출을 하고, 그의 집에 가기도 하고, 초벌 번역을 거들기도 했던 것. 그는 나와 있을 때면 즐거워했다. 그건 사실이었다.

하지만 나를 만나기 전부터, 인생의 많은 것들이 얽히고설켜 그의 내면에 지속적으로 쌓여 간 피로감을 덜어 주는 역할은 조금도 하지 못했다. 그 사람 인격의 상당 부분을 차지했던 것, 내게는 매력으로 비쳤던 어두운 것을 제대로 이해하지도 못했다. 나는, 만났을 때 이미 전구가 거의 꺼져 가던 그의 마음속 방에 날아든 나비였다. 위로는 되었겠지만, 어둠 속에 낮의 반짝거리는 잔상을 끌어들여 그를 더욱 혼란에 빠뜨렸을 뿐이다.

그래서 꿈에 그가 등장할 때면 언제나, 지금의 내가 옛날의 그를 만나는 설정인 것이리라. 지금의 나라면 조금은 반짝임 이외의 것을 줄 수도, 즐겁고 고요한 시간을 함께 보내 줄 수 있을지도 모른다고 생각하기 때문이리라. 어쩌면 그것도 힘든 일일지 모르겠지만, 나는 후회하고 있다. 지금의 나로 만나고 싶었다. 마음속 어딘가에는, 그런 생각이 남아 있다. 자신에게 과도한 가치를 두고 있는지도 모르지만.

어쩌다 '자살한 사람의 영혼은 천국에 가지 못한다. 괴로웠을 당시 그대로 시간이 영영 멈추어 있다.'라는 흔히 하는 얘기를 들으면 미쳐 버릴 것만 같다. 그런 건 다 거짓말이라고 생각하고 싶은 마음보다 먼저 그의 맥없이 웃는 얼굴이 떠오르고 만다. 아무도 받아들이지 않았던 웃는 얼굴이.

쇼지가 죽던 날 아침, 쇼지의 방에 있었다.

커튼 너머로 반짝반짝 비치는 여름의 빛이 보여 준 꿈이었다. 꼭 지금처럼, 여름이 오기 직전의 화창한 아침이었다.

아침에는 언제나 쇼지가 먼저 일어났다. 학교에 가기 위해 할 수 없이 8시쯤 눈을 뜨면, 쇼지는 대개 워드프로세서 앞에 앉아 있었다. 그 단조로운 소리와 담담하게 집중하고 있는 뒷모습에, 어린 시절의 엄마 뒷모습이 떠올라 좋아했다. 열일곱 살이나 나이가 많은 그의 고요함은 당시 사춘기였던 나의 넘치는 에너지를 평화로운 것으로 중화시켜 주었다. 그와 있으면 고요했다. 웃든 조잘거리든, 고요했다. 가령 학교에 지각을 하게 되더라도, 자는 나를 억지로 깨우지 않았다. 그대로 학교를 빼먹어도 딱히 내쫓지 않았다. 그런 사람이었다.

그런데, 그 아침에는 달랐다.

자명종을 끄고 옆을 보니, 쇼지가 생기 없는 창백한 얼굴로 자고 있었다. 눈 아래가 거뭇거뭇하고, 숨소리도 작았다.

열여덟 살의 나는 그 모습을 보고서 조금은 가슴이

아팠고, 애틋한 기분에 젖었다. 그에게 타월 이불을 꼼꼼하게 덮어 주고 침대에서 나왔다. 교복으로 옷을 갈아입고, 우유를 한 컵 마셨다.

고요한 아침이었다.

방에 뭔지 모를 다른 공기가 섞여 있는 듯 했다.

나는 어디다 두었는지 잊어버린 손목시계를 찾았지만 보이지 않아, 책상 위에 놓인 쇼지의 시계를 빌리기로 했다. 손목에 차자 묵직하고, 검은 글자판을 덮고 있는 유리가 싸늘하게 빛났다. 왠지 우울해서 견딜 수가 없었다. 마치 향수병에 걸린 사람처럼, 타인의 방에 있다는 것이 불안했다.

그랬다. 그날 아침에는, 창가의 침대에서 자는 쇼지의 숨소리가 들리는 것만 같을 만큼 방도 바깥도 고요했다. 움직임 하나하나가 나도 모르게 딱딱해졌다. 숨 쉬기가 힘들었다. 워드프로세서가 있는 책상 위에는 98번째 스토리를 번역한 용지가 놓여 있었다. 손에 들어 보니, 아직 절반도 못 한 상태였다. 그럴 리가 없었다. 얼마 전에, 이제 다 마쳤다는 말을 했다. 그런데 며칠 전에는 암울한 표정으로, 아무리 애써도 뭔가가 다른 듯한 느낌이 든다,

하는 말을 했다. 새로 하고 있나 보네, 처음부터. 나는 그렇게 생각했다. 벌써 두 사람이나 자살했다는 사실은 알고 있었다.

나는 노트에 편지를 썼다.

'빨리 끝내고, 바다로 놀러 가자. 지난번처럼 아침 첫차 타고 가서 수영복을 갈아입고, 해변에 뒹굴면서 우리 많은 얘기를 하자. 기대하고 있을게. 시계, 빌려 가. 곧 돌려주러 올게.'

그런 편지였다. 읽을 때, 둘이서 갔던 바다의 냄새와 파도 소리가 언뜻 되살아나면 좋겠네, 하고 생각했다. 그래서 바다에 가고 싶어져, 정말 일을 빨리 끝내고 싶은 마음이 들기를 바랐다. 질투라기보다는 두려움이었다. 눈에 보이지 않는 어떤 어두운 것을 적으로 상정하고 편지를 쓰는 기분이었다.

둘이서 서로 사랑하는 와중에 보았던 많은 것, 따끈한 밤의 감촉, 데려다 주던 새벽길, 택시 안에서 잠이 덜 깬 눈으로 보았던 오렌지색으로 물든 빌딩 가의 아름다움, 그리고 눈물, 뜨거운 손바닥, 그런 것들의 강렬한 향기를 떠올리게 하고 싶었다. 마치 연애 말기에, 실연당할 듯한 여자가 그렇게 생각하는 것처럼 온 힘을 다해.

걱정스러워, 낮에 교정 옆에 있는 전화 부스에서 전화
를 걸었다.

"여보세요."

쇼지가 맥없는 목소리로 전화를 받았다. 나는 안심하
면서 말했다.

"학교에서 거는 거야."

뒤에서는 고등학교의 점심시간, 와글와글 거의 신경질
적이다 싶은 소리가 울리고 있었다. 그런 데다 수영장을
청소하는 시기라 당번이 물소리와 함께 요란을 떨고 있었
다. 나는 웃으면서 물었다.

"시끄럽지."

"눈이 부실 정도야."

쇼지가 대답했다.

"도시락 먹었어?"

"외박을 해서, 학교 식당에서 먹었어."

나는 웃었다.

"너, 정말 고등학생 맞구나."

부러워하는 것처럼 들렸다.

"편지 고마워."

"하루 이틀 지나, 또 갈게."

"응."

시끌시끌한 소리가 마치 공간을 꽉 메우듯 온 학교 안을 맴돌았다. 학생들은 그 30분에 하루치 자유가 꼭꼭 들어차 있는 것처럼 열심히 즐기는 듯 보였다. 여기저기서 웃음소리가 터지고, 에너지가 폭발하고 있었다. 올려다보니 온통 파란 여름 하늘이었다. 빛과 그림자가 거리를 질러 가는 눈부신 오후.

"그럼."

"그래."

전화를 끊었다. 그게 마지막이었다.

그때, 전화선의 저쪽과 이쪽, 쇼지가 있었던 장소와 내가 있었던 장소의 거리. 천국과 지옥보다 멀고 복잡한. 아무리 좋아했어도 절대 전해지지 않았다. 전하려 하지도 않았고, 전할 방법도 없었고, 수신할 수 있는 재주도 없었고, 알 수 없었던 것.

서로 사랑하는 사람들 사이에도 그런 일이 있다고, 들

은 적은 있었다. 하지만 그렇게 허망한 일이 현실에서 벌어질 수 있다는 것을, 그때의 나는 미처 몰랐다. 저 먼 사막의 이야기처럼, 멀어져 희미해진 슬픈 세계에서 어느 옛날에 생긴, 절대 있을 수 없는 애처로운 이야기라고 생각했다. 나는 그런 일이 없는 낙원에 살고 있다고 착각하고 있었다.

오토히코를 만난 지 이삼일이 지난 날 저녁, 돌아갈 준비를 하고 있는데 입구 쪽에서 큰 소리로 내 이름을 묻는 사람이 있었다

"가노 씨 있나요?"

"네, 전데요."

입구 쪽으로 걸어가 보니, 환한 인상의 여자가 있었다. 아아. 기억이 떠올랐다.

"다카세 사키."

그녀가 말했다.

"동생에게 여기서 일한다는 얘기 듣고, 깜짝 놀랐어."

그리고 웃었다. 동생에 비해 누나는 옛날보다 훨씬 파워풀해진 느낌이었다. 어른스러운 분위기에 꽃처럼 웃는 얼굴. 친근한 인상이었지만, 전에 만났을 때보다 한결 여성스러운 박력에 넘쳤다.

"오랜만이라고 하자니, 실제로 얘기를 나눈 적은 없네."

나는 말했다.

"그래도, 난 기억해. 반가워. 일은 다 끝난 거야? 밥 먹으러 가지 않을래? 다른 스케줄 없으면."

그녀가 말했다. 나는 고개를 끄덕이면서 답했다.

"그래, 가자. 얘기도 하고 싶고."

대답 대신, 그녀가 또 싱긋 웃었다. 마음이 상큼하게 씻기는 듯한, 순간에 이끌리는 웃는 얼굴이었다.

우리는 건물에서 나와 학교 뒤쪽에 있는 레스토랑을 향해 정원을 가로질러 갔다. 한낮의 더위가 파랗게 물든 투명한 하늘에 서서히 빨려 들어가는 시각이었다.

"저녁 하늘이 이제 여름 같네."

사키가 말했다.

"그러네. 심리학과 쪽은 에어컨 나와? 우리는 에어컨

없어서, 여름에는 지옥이야."

내가 그렇게 말하자, 그녀는 웃으면서 말했다.

"그야 당연히 안 나오지. 그래서 무슨 구실이든 만들어서 주로 도서관에서 지내."

사키*라는 이름에 어울리는 꽃 같은 사람이었다. 부드러운 밝음으로 가득했다. 바람에 흔들리면서도 인생에 대한 밝은 기대로 눈을 한껏 뜨고 있는 느낌이었다.

레스토랑은 학생들로 북적거렸다. 커다란 창문으로 스미는 기운 햇살이 시끌시끌한 가게 안을 오렌지색으로 물들이고 있었다. 나는 수프와 빵을, 사키는 샌드위치를 주문했다. 그리고 둘이 화이트 와인 반병을 마시면서 게살 샐러드를 나눠 먹었다.

먹으면서 얘기를 나누면 금방 친해질 수 있다. 안 그래도 금방 친해질 수 있을 것 같았는데, 우리는 편안한 마음으로 많은 얘기를 했다.

"혼자 살아?"

내가 물었다.

---

* 사키는 '피어나다'라는 의미의 일본어 'さき'와 같은 이름이다.

"동생이 보스턴에서 돌아와 빌붙어 지내고는 있지만. 요코하마에서 다니자니 힘들어서. 그래도 주말에는 할아버지 할머니에게 효도하려고 요코하마에 내려가. 엄마랑 쇼핑도 하고. 외동딸 노릇 하기가 녹록지 않네."

"어머니, 외로워하지 않아? 둘 다 도쿄에 있어서."

"그렇지 뭐. 보통 남편이 죽으면 시부모님들과, 그것도 국적이 다르면 같이 살지 않잖아. 그런데 엄마는 애당초 바깥에 잘 나다니지 않는 성격이고, 할아버지 할머니도 처음에는 언제 나쁜 사람으로 돌변할지 의심스러웠을 정도로 좋은 사람들이라, 잘 지내고 있어. 신기한 일이지."

"그러네. 너희들 바이오그래피 중에서 그 부분이 가장 이상했어."

"아빠랑 살 때 고생을 해서, 엄마도 이제는 만사에 까칠하게 굴지 않는 사람이 되었어. 너는? 혼자 사니?"

"응, 언니가 3년 전에 국제결혼을 해서 영국으로 떠났어. 그때 가족이 해산. 원만하게 흩어졌지만. 아빠는 이혼하지 않았는데, 엄마는 2년 전에 재혼해서 세타가야 쪽에 살아. 그래서 나, 대학 다닐 때부터 계속 혼자 살고 있어."

"그렇구나. 그럼 이 근처?"

"응. F 거리 쪽."

"그럼 집도 가깝네. 어떻게 지금까지 얘기한 적이 없었는지 모르겠다."

"정말 그러네."

나는 고개를 끄덕거렸다.

"그런데 오토히코라는 걸 용케 알아봤더라."

"사람이 많았으면 몰라봤을지도 모르지. 그런데 아무도 없는 언덕길에서 운명적으로 딱 마주쳤으니까."

"우리도 가자미를 기억하고 있었어. 왜 그랬을까, 그냥 봤을 뿐인데."

"내가 그때 힐금힐금 쳐다봐서 그런 거 아닐까?"

나는 웃었다.

"도다 씨가 죽었을 때도, 제일 먼저 네 얼굴이 띠오르더라."

사키가 말했다. 나는 고개를 끄덕이면서 말했다.

"나, 장례식에도 가지 않았어. 갈 수 있는 상태가 아니었어, 알아?"

"그래, 알아. 충격이었겠지."

사키가 말했다.

"왜 자살을 했는지, 그런 거, 연구하고 있다면서?"

내가 물었다.

"……그렇다고도 할 수 있지만, 번역하려고, 언젠가는. 그런데, 안 그래도 자살한 아빠의 피를 물려받은 몸이잖아. 그런 성질은 유전된다는 얘기도 있고. 그런 데다 번역에 관계한 사람이 몇 명이나 스스로 죽음을 선택했잖아. 겁나지 않을 수가 없지. 한편, 나니까 잘할 수 있지 않을까 하는 기분이 들기도 했고. 그러다 관심이 옆길로 새서 심리학 공부를 시작했어. 괜찮아, 여러 가지를 해 보고 싶으니까."

사키가 말했다.

"그래. 나도 그 책의 완결판이 일본에서 출판되는 걸 보고 싶다. 초벌 정도는 언제든 할게. 쇼지 때도 도왔지만, 이렇게 살아 있으니까 안심되잖아."

나는 웃었다.

"무슨 독약이나 폭발물 얘기 하는 것 같네."

"우리에게는 그런 걸지도 모르지."

내가 그렇게 말하자, 사키는 힘껏 고개를 끄덕였다.

왠지 밝은 기분으로 레스토랑에서 나왔다. 즐거운 여름이 될 것 같았다. 열기가 남아 있는 보도에서 말해 보았다.

"또, 점심 같이 먹자."

"응, 이런저런 애기도 많이 하고 싶고. 이번 여름, 즐거울 것 같아."

사키가 웃으면서 나를 보았다. 텔레파시가 통했나, 생각했다. 오래 함께한 친구처럼, 손을 흔들면서 헤어졌다.

헤어진 후, 그녀가 동생 애기를 별로 하지 않았다는 걸 알아차렸다. 그 나이가 되면 그런 건가, 하고 애써 납득하고는, 그날 파티에서 다정하게, 나란히 서서 미소 짓던 둘의 모습을 잠시 그리워했다.

만남은 즐거운 것이다. 특히 여름이 시작될 무렵, 전학생처럼 갑자기 나타난 사람이 인상도 좋고 마음도 맞을 것 같으면, 오래전부터 아는 사이이고 근처에 살고 있고 이쪽에는 딱히 이렇다 할 휴가 계획도 없고 달라붙어 지낼 특정한 연인도 없다면, 미리 준비된 밥상을 받는 기분이다.

설레는 한편, 무언가가 마음에 걸렸다.

언니의 전화.

무언가를 은닉한 사람만의 강함으로 자신을 지키고 있는 듯 보이는 사키.

98번째 스토리의 출처에 대해서는 우물거리고, 다카세 마니아인 여자와 외국에서 지냈다는 오토히코.

연구실에서 내게 걸어 놓고 아무 말이 없었던 전화.

그 사람들을 의심하는 것은 아니었다. 다만, 무언가가 더 있었다. 그리웠던 사람들과 재회해 다시 만남을 시작하고, 여름이 온건하게 지나갈 것이라는 예감은 아니었다. 그것이 무엇인지, 가끔 가만히 추리하곤 했다.

탐정처럼.

뭐가 숨겨져 있는 것일까?

알 리가 없었다. 다만 늘, 그 생각을 하면 98번째 스토리의 장면이 떠올랐다. 그저 단순한 느낌이지만, 관계가 있을 듯한 기분이 들었다.

친딸과 관계를 갖고 추락하는 남자. 먼 바다의 울림

같은 딸의 속삭임, 인어의 꼬리처럼 달빛 아래 반짝반짝 빛나는 가녀린 발목.

사키가?

그런 생각도 했다. 알 수 없었다. 이런 때는, 기다리는 수밖에 없다. 무언가가 오기를, 무슨 일이 생기든 최선을 다할 수 있기를 기도하면서.

쇼지가 죽은 후, 나는 그런 식으로 생각하게 되었다.

같은 학교에 있다는 친분으로 나와 사키는 종종 함께 시간을 보내게 되었다. 여름방학이 시작될 날이 머지않았고 학생들도 기말 시험에 들어가, 학내를 오가는 사람들이 갑자기 늘어났다.

그날도 둘이서 학교 식당에 있었다.

"이 시기가 되면, 그래, 여기 대학이었지, 그런 생각 안 들어?"

사키가 커피를 마시면서 물었다.

"응, 시험이 남의 일이라 기쁘기도 하고."

나는 오렌지 주스를 마시고 있었다.

"여름, 좋아하니?"

"죽도록 좋아해. 언제나 여름 생각만 할 정도로."

"사랑이네."

"사키는?"

"난 봄이 좋아. 하지만, 알 것 같다. 네 두근거림이 전해져. 옆에 있어도."

"거의 폭력적으로 기다려진다니까."

나는 웃었다. 그리고 불쑥 물었다.

"그러고 보니까, 오토히코는 어떻게 지내?"

"왜?"

사키가 되물었다.

"그 후로는 한 번도 못 봐서."

"계속 여자네 집에 있어."

"아, 그, 여행 같이 다녔다는."

"응. 도무지, 어떻게 될지 모르겠어. 여행 떠나기 전보다 훨씬 더 엉망이야."

"왜? 나쁜 사람이야?"

"좋지는 않지. 어느 모로 보나, 악화하고 있으니까."

"오토히코가, 푹 빠져 있나 보네."

여자란 그런 거겠지, 하고 조금은 아쉽게 생각했다. 오토히코와 나누는 얘기가 즐거웠으니까.

"동생의 연애가 어떻게 되든, 별 상관은 없지만. ……다음에 만나면 얘기할게."

"기분 내키면 그렇게 해. 가자, 점심시간 끝났어."

밖으로 나오자, 정말 가슴이 설렜다. 강렬한 햇살, 반짝거리는 아스팔트, 움직이지 않는 나무들의 짙은 초록.

심호흡을 하는 내게 사키가 물었다.

"지금 가슴이 설레지?"

그러고는 사키가 큼직한 해바라기처럼 함박웃음을 웃었다. 햇살 속에서 눈이 부시도록 아름답게 웃는 얼굴이어서, 나는 눈을 찡그렸다.

드디어 여름이 온 것이다.

학교가 방학에 들어가면 한가해질 줄 알았는데, 여러 사람에게서 날마다 초벌 번역 일거리가 쏟아져 들어왔다.

그것은 비밀리에 거드는 '초벌의 초벌' 같은 것이니까, 강사진도 여름방학이면 아르바이트로 분주하다는 뜻일 것이다. 얼마간의 돈을 받기는 하지만, 마감날이 있어 마치 여름방학 숙제 같은 느낌이었다.

그래서 매일 학교에 나가, 밤늦게까지 사전을 뒤적거렸다.

어느 날 밤중의 일이었다.

태풍이 몰려온 것처럼 폭우가 쏟아졌다. 밖에서는 어마어마한 소리를 내면서 비바람이 몰아쳐 계단을 올라오는 소리를 듣지 못했다.

문을 두드리는 소리가 나, 어리둥절했다. 새벽 3시였다. 조심스럽게 현관문의 도어아이로 밖을 보니, 오토히코였다. 나는 아무튼 문을 열었다.

"무슨 일이야, 이런 시간에. 사랑 고백?"

나는 말했다.

"비슷한 얘기야."

그가 말했다. 꽤 취했는지, 비틀거리고 있었다. 우산에 맺힌 빗방울, 푹 젖은 가죽 구두. 무슨 드라마 같아서, 약간 두근거렸다.

"여자 친구하고 무슨 일이 있었다, 뭐 그런 거야?"

"아니, 그런 건 아니야."

"제법 많이 마셨어?"

"응, 말다툼 끝에 죽을 만큼 마셨어. 뭐가 옳은 건지 오락가락해서. 본인과 얘기해 보려고. 취한 김에."

"본인? 나?"

"그래."

그가 고개를 끄덕거렸다.

"말다툼은, 사키랑?"

"아니야."

"왜 내가 등장하는데. 너랑은 한 번밖에 얘기한 적이 없는데?"

"설명하기가 어렵군."

"전화로 하면 안 되는 일이야? 아니면 내일 다시 얘기하든지?"

"미안해."

그가 고개를 숙였다. 나도 간혹 이렇게 곤드레가 되는 적이 있기 때문에, 다른 뜻이 없다는 것은 알고 있었다.

보나마나 지금 당장 대답을 알고 싶은 거겠지, 하고 생각
했다.

무슨 대답일지, 그 점은 알 수 없었다.

"알았어. 들어와."

"아니야, 여기서 그냥."

그가 말했다.

"괜찮아, 들어와. 여기 서서 얘기하기 불안하잖아."

그가 슬렁슬렁 구두를 벗고서 창백한 얼굴로 말했다.

"미안한데, 먼저 화장실 좀 빌려야겠다. 토할 것 같아."

"일일이 말 안 해도 되니까, 빨리."

나는 떠밀듯이 허둥지둥 그를 화장실에 밀어 넣었다.
어이없어할 틈도 없이, 웩웩 토하는 소리와 물 내리는 소
리가 들려왔다. 할 수 없이 문 밖에서 기다리고 있었더니,
그가 나왔다.

"물 좀 줄래."

얼굴은 여전히 창백하고, 눈은 뻘겋게 핏발이 서 있었다.

"너, 죽을 것 같은 얼굴이다."

컵에 물을 따라 건네자, 그는 꿀꺽꿀꺽 들이켰다.

"이런 이야기가 있던가."

"뭔데?"

"답례로 내가 물을 주든가. 사막에서. 국자가 등장하든가? 금화였나."

혼자서 중얼중얼, 뜻 모를 소리를 했다.

"무슨 말이 하고 싶은지는 알겠어. 맛있었나 보네. 물, 더 마실래?"

"고마워."

"그 소파에 앉아. 자도 괜찮고."

그렇게 말하고, 물을 더 따라 주었다. 그는 잠자코 컵을 비웠다. 그가 조용해지자, 대지를 때리는 듯한 밖의 빗소리가 들렸다. 비가 점점 더 세차게 쏟아지고 있었다.

"미안하다."

오토히코가 말했다.

"좀 진정되면 말해. 내게 뭘 묻고 싶었는지."

나는 바닥에 앉아서 그렇게 말했다.

"아니, 바로 얘기할게. 음, 잠깐만 기다려 줘……."

"좋지 않은 일이야?"

"나는 그렇게 생각해……."

그리고 그는 눈을 감았다. 또 빗소리가 커지고, 바람

에 창문이 덜컹덜컹 흔들렸다. 비바람이 영원히 그치지 않을 것처럼 시끄러웠다.

"자지 마. 무섭잖아."

나는 오토히코를 흔들어 깨웠다.

"음, 안 자. 복사를 해. 우선, 만약을 위해서."

그가 말했다.

"뭐라고?"

"98번째 스토리. 그, 남자가 남긴."

"뭐라고? 아이 참, 무섭다니까. 잠들지 말라고."

나는 물을 또 따라 컵을 내밀었다.

"자, 물 마시고 얘기해."

그가 고개를 끄덕거리면서 한 모금을 마셨다.

"그러니까, 너는 이제 떠올리고 싶지도 않겠지. 그 사람 말이야."

"그 사람이라니? 쇼지 말하는 거야?"

"응. 괴롭겠지, 그리고 이제 우리 아버지 소설에는 관심도 없을 거고. 옛날 일처럼. 과거 일이잖아? ……지금도 그 와중에 있는 우리와는, 다르잖아. 그렇지?"

"우리라니?"

"나하고, 사키하고……."

"그 여자네."

내가 말했다.

"그래. 우리의 시간은 그때부터 조금도 흐르지 않았어. 너는 그사이에 많은 것을 했는데, 우리는 계속 거기에 얽매여서."

"그야 그렇겠지만, 사키는 조금도 싫지 않고…… 그녀가 어떤 사람인지는 몰라도, 나, 그 소설, 잊지 않고 있어. 줄곧 마음 한구석에 남아 있었고, 그 소설에 대해 얘기할 수 있는 사람이 생겨서, 물론 너도 포함해서, 기뻐. 그 점은 분명해."

"허, 너도 관계되어 있었군, 아주 오래전부터. 지겹지 않니? 우리가 주위에서 어슬렁거리는 거."

"나를 이용하는 게 아니라면."

나는 말했다.

"그렇지는 않아, 신에게 맹세코."

오토히코가 말했다.

"그럼 됐어."

"다들, 돌파구가 없어서, 어쩔 줄을 모르고 있어. 그래서 너에게 그 실마리를 얻으려는 거지. 아마. 변화의 실마리가 네게 있는 것 같아서."

"그런가."

나는 잘 모르겠다.

"복사를 해 두지 않으면, 나한테 위험한 일이 생기는 거니?"

"아니, 그런 일은 아마 없을 거야. 다만, 귀중한 유품이니까, 만약을 위해서."

"알겠어."

그렇게만 대답했다.

"있지, 왜들 그러는데? 쇼지도 죽어서 이미 없고, 아버지도 오래전에 돌아가셨잖아. 뭐가 너희들을 그렇게 비관적으로 만드는 건데?"

'드라마틱하게'라는 말은 하지 않았다.

"나는 괜찮아. 그리고, 여자는 요물이야."

그가 말했다. 그럭저럭 알 것 같은 느낌이었다.

"그 여자가 문제로구나."

"아마, 곧 만나게 될 거야."

오토히코가 말했다.

"그러면, 다소는 우리 일에 휘말리게 되겠지. 너는 좋은 사람이야."

"뭐가 어떻게 되면 끝나는데?"

내가 물었다.

"다들 나이가 들어서서, 노쇠할 무렵에는 저절로 끝나겠지."

그가 그렇게 대답해, 나는 웃었다.

"괜찮아. 그렇게 심각하게 생각지 않아도."

"여행에서 막 돌아와, 아직은 좀 피곤해."

"그래 보이네."

빗소리가 우리를 불안케 했다. 본의 아니게 아주 민감한 일에 조금씩 휘말리고 있다는 생각은, 줄곧 하고 있었다. 어렸을 석, 한때 집 안에 감돌았던 그 느낌, 내 목을 막히게 했던 그 압박감이었다. 멀리서 천둥소리가 울렸다. 유리창에는 빗물이 줄줄 흐르고, 그 너머 가로등 빛이 번져 하얗게 빛났다. 이 밤 속에서는, 사키의 웃는 얼굴조차 너무 가물가물해 신뢰할 수 없을 것만 같은 기분이 들었다.

"하지만 내가 생각했던 것보다 네가 훨씬 호기심이 왕

성한 사람이란 건, 잘 알겠다."

"걱정만 하고 있느니 부딪쳐 보는 게 쉽다는 말도 있잖아."

"그래, 이제 말 안 할게. 어떻게든 되겠지."

"그렇게 생각하면 틀림없이 마음이 편해질 거야."

뭐가 뭔지 잘 모르겠지만, 그렇게 말했다.

침묵. 빗소리.

윙윙 요란스럽게 부는 바람.

창밖을 보면서, 가만히 귀를 기울이고 있었다. 그가 말했다.

"그런데 이 나라는 참 좋다."

"무슨 소리야? 뜬금없이."

잠든 줄 알았기에, 깜짝 놀랐다. 돌아보니 그는, 이제는 졸리지 않다는 듯 명료한 표정으로 이쪽을 쳐다보고 있었다.

"벚꽃도 피고."

이 여름에 무슨 소리지, 그럴 정도로 심하게 취했다는 뜻일까, 하고 생각하면서 대답했다.

"그러네."

그는 창문을 보고 있었다.

"처음 여기 왔을 때 봄이었는데 계속 비만 내렸어. 좋은 곳이라는 생각이 조금도 안 들어서 우울했지. 그런데 딱 한 번, 비 내리는 날 택시를 타고 가다가, 벚꽃을 보고는 감격했어. 하늘은 어두컴컴하고, 차창에는 이렇게 밖이 보이지 않을 정도로 빗방울이 잔뜩 맺혀 있었는데. 그 빗방울 너머로, 선로변에 초록색 철망 펜스가 있고, 또 그 너머에 분홍색 벚꽃이 있었어. 온통. 뿌연 이중 필터를 통해 보면서 겨우 깨달았어. 봄, 온 사방에 벚꽃이 흐드러지게 피는 이 나라의 신비로움을."

"멋진 얘기네."

"지금도 적응이 안 되는 부분이 있기는 해. 그런데 보스턴에 있을 때, 돌아오고 싶었어."

"그랬구나."

무언가에 짓뭉개진 것처럼 너덜너덜한 마음. 비에 젖은 구불구불한 갈색 머리. 강아지나 왕자님 같았다. 쇼지의 노트 너머에 늘 어른거렸던 아이.

드르렁드르렁 요란한 소리를 내며 잠들어 버렸다. 빗소리와 더불어 엄청나게 시끄러웠다. 그리고 그 시끄러움이 왠지 가슴을 저밀 정도로 고요하다고 느꼈다. 담요를 덮어 주었다.

　완전히 날이 밝았을 무렵, 나도 더는 참을 수 없어 침대에 들어가 자고 있었다.

　"실례가 많았군."

　그가 흔들어 깨웠다.

　"……아니야."

　잠 속에서 대답했다.

　"해 준 것도 없는데 뭐."

　어슴푸레한 어둠 속에서 눈을 뜨자, 그의 하얀 얼굴이 웃고 있었다.

　"아아, 참 한심하군. 미안해, 그럼."

　두통 때문에 머리를 기우뚱하고 사라지는 그의 뒷모습을 침대에서 꿈을 꾸듯 바라보았다. 문이 닫힌 후, 문을 잠가야 하나, 하고 생각했지만 잠이 쏟아져 일어날 수가 없었다. 이상한 사람, 하고 생각하면서 다시 눈을 감았다.

그 비가 그치자, 겨우 진짜 여름이 온 것 같았다. 갑자기 뜨겁고 환하게 갠 날들이 시작되었다. 그리고 비는 한 번도 내리지 않아, 오토히코가 다녀간 일이 꿈처럼 멀게 느껴졌다.

그렇게 나타났다, 그렇게 사라졌다.

복사는 아직 하지 않았다. 그리고 사키에게는 아무 말 하지 않았다. 그래서 아무 변화 없는 날들이 지나갔다.

그날 오후, 나는 기분이 무척 좋았다. 쉬는 날이어서 대낮까지 자고, 빨래를 했다. 빨래를 널고, 베란다에서 낮잠을 잤다. 그리고 쇼킹 핑크 티셔츠에 짧은 바지, 그리고 맨발에 슬리퍼를 신은 경쾌한 차림으로 돈을 찾으러 나갔다. 이런 차림으로 동네를 나다닐 수 있는 행복한 계절은 여름뿐이다. 지갑 하나 든 얇은 비닐백을 들고 걸었다.

눈을 뜨고 있을 수 없을 만큼 반짝이는 햇살!

짙은 하늘 아래를 걷고만 있어도 웃음이 터져 나올 정도로 즐거웠다.

3시가 지난 탓에 자동인출기밖에 사용할 수 없었다. 안으로 들어가자 아무도 없었다. 나는 조용하고 하얀 상자 같은 그 공간에서, 카드를 밀어 넣고 기계를 조작하기 시작했다. 그리고 말하는 컴퓨터의 여자 목소리에 귀 기울이면서 돈이 나오기를 기다렸다. 그래서였을 것이다. 자동문이 열리고 사람이 들어왔다는 것도, 그 순간 귀에 들렸을 한여름 거리의 소음도 전혀 알아차리지 못했다.

 그 사람이 내 뒤에 섰을 때 비로소, 이상하네, 하고 생각했다. 이렇게 텅 비어 있는데 왜 굳이 내 뒤에 섰을까?

 다음 순간, 영화 속에서 권총이 등장하는 장면 그대로, 옆구리에 딱딱한 것이 닿았다.

 "돌아보지 마."

 여자가 작은 소리로 말했다.

 "돈, 이리 내."

 애당초 강도라고는 여기지 않았다. 다만, 직감적으로 머리가 이상한 사람이라고 생각했다. 돈이 나왔다는 신호음이 울렸다. 나는 잔뜩 긴장한 채 조심스럽게 돈을 집었다. 감사합니다, 기계가 말했다.

 "후후후, 이건 내 손가락이랍니다."

뒤에 선 사람이 웃으면서 손을 자기 쪽으로 당겼다.

뭐야, 사키였어! 나는 소리를 지를 뻔했다. 정말 그렇게 생각했다. 신기하게도.

그런데 아니었다.

돌아보니 낯선 사람이 싱글거리며 서 있었다.

그래서 점점 더 겁이 났다. 주욱 쥐어짜듯 나를 쳐다보는 그 눈을 처음 들여다보았을 때를, 나는 잊지 못한다. 저 먼 밤하늘에서 반짝이는 시리우스 같은, 칵테일 잔 안에서 투명한 빛을 머금고 있는 잘 만들어진 드라이 마티니 같은, 순도 높은 투명함이 있었다.

그때의 나를 누가 이해할 수 있을까. 나는 공포를 느꼈다. 어른의 얼굴에 이렇게 갓 태어난 아기의 눈동자가 박혀 있다면, 거기에는 무엇이 비치고 어떤 생각이 떠오를까, 하고 생각했다.

이상한 사람, 본 적도 없는 사람. 딱히 미인도 아니고, 엄청나게 깜찍한 것도 아니다. 그런데, 매력이 있었다. 짐승의 예리한 감각 같은 것, 지성의 근원이 되는 덩어리 같은 것.

가만히 쳐다보았다. 관찰했다.

가늘고 검은, 긴 머리카락.

야윈 몸. 핏줄이 겉으로 튀어나올 듯한 목. 키는 훌쩍 크고, 입도 커다랬다. 하얀 셔츠. 조그맣고 모양이 예쁜 가슴의 선. 허벅지가 훤히 드러난 짧은 바지 아래로는 의외로 육감적인 다리. 맨발에 신은 노란색 비치 샌들. 빨간 페디큐어.

적어도 여름을 대하는 감각만큼은 비슷하겠다는 느낌이 들었다. 차림새가 비슷하니까.

"자매 같은 차림이네."

그녀가 말했다.

"누구?"

내가 물었다.

"미노와 스이예요. 미노와, 스이."

그녀가 자기 이름을 말했다.

"가노 가자미 씨."

"그런데…… 누구죠?"

"알잖아."

싱글싱글 친근함이 묻어나는 미소를 머금고 영화 「미지와의 조우」에 등장하는 우주인 같은 속도로 가녀린 팔을 앞으로 내밀었다.

"아니, 난 모르겠는데."

나는 말했다.

그러자 그녀가 내 오른손을 꽉 잡고 당겼다.

"차 안에서 얘기하자."

"잠깐만, 이거 놔요."

나는 얼른 그 팔을 뿌리치려 했지만, 온화한 표정과 달리 그녀는 억센 힘으로 절대 손을 놓으려 하지 않았다. 기분 나쁠 정도로 뜨거운 손이었다.

"미안하지만, 모르는 사람과 같이 갈 수는 없어요."

나는 강경하게 말했다. 그녀는 순간적으로 움찔하더니 답했다.

"아는 사이라니까, 그것도 아주 오래된."

요즘 들어 자주 듣는 말이었다.

"만난 적이 없는데, 어떻게."

나는 말했다.

"오토히코에게 못 들었어?"

어리둥절해하며 그녀가 말했다. 아아, 이 여자가 오토히코의, 하고 겨우 알아차렸다. 당신이, 하고 말하려는데 그녀가 말했다.

"나, 그 사람이랑 배다른 형제야."

"뭐?"

나는 뒤통수를 얻어맞은 기분에, 뭐라고 입을 열지 못했다. 그리고, 겨우 이해했다. 그 총명한 쌍둥이가 무슨 소린지 알 수 없게 얼버무렸던 그 한 부분을.

"몰랐어."

나는 말했다.

"왜 숨기는 걸까."

그녀가 말했다.

"내가 쇼지 씨와 사귄 적이 있어서? 그리고 『N·P』의 98번째 스토리를 그에게 줘서? 그래서 그가 죽었나?"

'……서?' 하고 말꼬리를 올리는 목소리가 달콤했다.

"그리고, 지금, 오토히코랑 같이 있는 게 잘못된 일이라서?"

역시 충격이었다.

"피붙이니까, 어쩔 수 없잖아."

나는 말했다.

"정말 너도 다카세 사라오의 자식이니?"

스이는 고개를 끄덕였다.

"성이 미노와라면, 어머니가 일본 사람이니? 무례한 질문이지만."

"응. 아빠가 일본 여자를 좋아했나 봐. 엄마는 미국에 살고 있고, 소식이 끊긴 지도 오래되었지만, 일본 사람이야."

그녀가 말했다.

"얘기하고 싶지? 나, 운전할 줄 알아. 봐, 이거."

그리고 주머니에서 운전면허증을 꺼내 보여 주었다.

"거짓말 아냐."

거짓말이 아니라는 것을 알겠지만, 얼핏 봐도 엉터리일 것 같은 이 사람의 운전을 신뢰해도 좋을지는 알 수 없었다. 잡아당기는 팔을 따라 밖으로 나와 보니, 범퍼가 찌그러진 빨간 패밀리아가 서 있었다.

"이 찌그러진 건 뭐야."

내가 가리켰다.

"옛날에 박았어. 요즘 아니야."

그녀가 웃으면서 차로 다가갔다.

"자, 타."

"다음에. 미안하지만."

나는 말했다. 이대로 끌려가고 싶지 않았다. 시간을 두고 생각하고 싶었다. 긴 머리카락에서 젖먹이 아기 같은 달짝지근한 냄새가 나고, 푸슬푸슬한 앞머리 사이로 번들거리는 커다란 눈이 애처로워서, 좋아하게 될 것만 같아 무서웠다.

"그럼, 집까지라도 데려다 줄게."

그렇게 말하면서 그녀가 키를 돌려 차문을 열었다. 그러고는 얼른 운전석에 올라탔다.

"저쪽으로 돌아가서 타."

그리고 씩 웃었다. 난처해진 나는 어쩔 수 없이 차에 올라탔다.

"그럼, 저기 보이는 저 큰 사거리까지만."

그렇게 말하며 앞을 가리켰다.

후끈한 차 안, 앞 유리창으로는 새하얗게 빛나는 외길이 보였다. 건물도 가로수도 눈부셨다. 둘 다 샌들에 짧은 바지, 햇살 속에 나란한 하얀 허벅지. 언뜻 해변에 있는 듯한 기분이 들었다.

"해변 같네."

스이가 그렇게 말해, 나는 움찔하고 말았다.

의외로 운전은 능숙했다.

'이 사람, 꽤 멀쩡하네.'

말은 않고, 생각했다. 정상이 아닌 척하고 있을 뿐이다. 핸들을 잡고 있을 때의 냉철한 눈빛으로 알 수 있었다.

그랬더니 조금 안심이 되었다. 유리창으로 비치는 강렬한 햇살도, 시원치 않은 에어컨도 그다지 신경이 쓰이지 않아 조금은 기분이 밝아졌다.

다음에 또 만나도 괜찮지 않을까, 하는 식으로.

그런데 모퉁이에서, "고마워, 다음에 또……." 하려는 내 말을 스이가 가로막았다.

"가 버리지 뭐."

말한 동시에 차의 속도가 빨라지더니, 낯익은 사거리가 순식간에 뒤로 멀어지고 말았다.

"뭐야, 차 세워."

"싫어. 겨우 만났는데."

그녀는 앞을 쳐다본 채로 말했다.

"멋대로 그런 소리 하지 마."

나는 화난 투로 말했다.

"아니."

그러자 그녀가 고개를 저었다.

뭐가 아니라는 거야.

"그런 말, 다른 사람에게는 통할지 몰라도 내게는 안 통해. 드라마틱한 거, 괜히 관심 끌려는 거, 난 질색이니까."

나는 말했다. 그동안에도 집은 빠른 속도로 점점 멀어져 갔다.

"정말? 영 그렇게 안 보이는데."

스이가 말했다. 울컥 치민 나는 정말 입을 다물어 버렸다. 그리고 그녀가 어떤 작전으로 나올지 기다리고 있었다. 긴 침묵이 있은 후에도 그녀는 여전히 그녀 자신을 관철했다.

"그냥, 얘기가 하고 싶었어. 그래서 만날 수 있는 날을 계속 기다렸다고. 어때, 잠시 얘기 나누는 정도인데. 농담이 좀 과했는지는 모르겠지만, 그렇게 심했던 건 아니잖아."

"한마디 더했단 봐."

나는 웃어 버렸다.

"여러 가지로 불안한 일이 있어서, 얘기가 통할 만한

사람을 만나고 싶었어."

그녀는 미소 지었다. 나와의 만남에 그녀 역시 나름 긴장하고 있다는 것이 겨우 전해졌다. 나는 종종 그렇게 해서야 비로소 얘기를 하거나 함께 시간을 보낼 수 있겠다고 느끼는 경우가 있다. 첫인상이 나쁜 경우는 특히 그렇다. 그제야 포기하고 따라갈 마음이 들었다.

"그렇게 말해 주니까, 조금은 알겠다. 그냥 막연하게 그렇다는 거지만."

나는 고개를 끄덕이며 말했다.

그리고 또 잠시 말없이 생각했다. 책상 위에 펼쳐 놓은 노트와, 활짝 열어 놓은 창문, 마시다 만 보리차, 널려 있는 빨래. 나의 마리 셀레스트 호 같은 방이 왠지 그리웠다. 이대로 가고 나면, 언제 돌아올 수 있을지 모르니까.

"너, 내가 갖고 있는 98번째 스토리를 갖고 싶어 한다면서?"

내가 물었다.

"네게는 없는 거야?"

그녀가 고개를 저었다.

"번역된 글이 보고 싶은 거야?"

그녀는 대답이 없었다. 대신 되물었다.

"어디 갈까? 바다?"

"어디든 좋아. 맡길게."

"그럼, 우리 연못에 가자. 호수 같은 연못."

그러고 나서야 스이는 겨우 대답했다.

"쇼지 씨가 번역한 거? 응. 원문은 괜찮으니까, 일본어로 번역된 걸 조금이라도 보고 싶어."

"언제쯤 사귀었는데?"

"안심해. 너와 사귀기 훨씬 전이니까. 내가 일본에 와서 오토히코를 만난 얼마 후일 거야. 아까도 말했지만, 내가 그 사람에게 소설을 소개했어. 98번째 스토리를 건네면서 이걸 번역해 달라고 했지."

스이가 말했다.

"미안해."

"네 탓이 아니잖아. 하지만, 내가 그 소설을 읽게 된건 너 때문인 셈이지."

나는 웃었다.

"애당초 읽게 돼 있었어."

"오토히코랑 보스턴에 있었어?"

"응. 2년 동안."

"왜 지금 돌아왔는데? 나랑은 상관 없지만."

"나도 모르겠어. 나는 거기 남으려고 했는데. 인간이란 뭘 제대로 결정하기가 좀처럼 쉽지 않은가 봐."

차 안은 숨이 차오를 만큼 더워, 시원스럽게 휙휙 지나가는 경치와는 어울리지 않았다. 머리가 마비된 것처럼 잘 돌아가지 않았다.

"에어컨, 약하네."

그렇게 말하고서 강하게 틀었다. 시원한 공기가 둘의 무릎에 닿았다.

"즐거웠어, 보스턴. 조금은 우울하고, 아름답고. 도망쳐 살기에는 아주 안성맞춤인 곳. 하지만 두 사람 사이의 문제는 달라지지 않았어. 당연하지. 그리고 돈도 떨어져서 어떻게 하나 했는데, 오토히코가 헤어지자, 일본으로 돌아가겠다고 하기에, 나는 남을까 싶었는데…… 이렇게 오고 말았네."

스이가 말했다.

"처음 시작될 때 남매라는 걸 알고 있었어?"

"나는 알고 있었는지도 모르지."

"있었는지도 모르지?"

"좋아했으니까 모르는 일로 하자고 속으로 다짐하곤 했어. 그랬더니, 어느 쪽이 사실인지 헷갈리게 된 거지. 거짓말처럼 들리겠지만 사실이야. 아침에 일어나잖아? 그러면 어라? 우리 남매였나, 어느 쪽이 진짜지? 그렇게 애매모호해졌어."

"그럴 수 있는 건가 모르겠네."

오가는 자동차의 흐름이 나를 현실감이 없는 세계로 실어 가는 강물의 흐름 같았다.

"나, 네가 쇼지랑 사귀는 거 알고 있었어. 오토히코가 쇼지랑 너를 파티에서 봤다고 해서. 너에 대해서도 얘기해 주었고. 만나 보고 싶었어. 일본에 돌아가자고 생각하니까 우울했지만 네가 있다고 생각하니까 기분이 좋아지더라."

"······그랬구나."

"다 왔다."

스이가 차를 길가에 세웠다. 그곳은 한 번도 와 본 적 없는 커다란 공원, 문에서 보니 나무들이 무성하게 자라 숲처럼 어두웠다.

"내려서 산책하자."

그녀가 말했다.

공원은 꽤 넓었다. 입구 부근에 밀집한 나무들 사이를 빠져나가자, 갑자기 사방이 확 트이고 연못이 나왔다. 자전거에서 파는 옛날 아이스캔디를 샀다. 아저씨가 박스에서 아이스캔디 두 개를 꺼내 건네주면서 "자매?" 하고 물었다. "네." 하면서 웃었다. 낡은 나무 벤치에 앉아 아이스캔디를 먹었다.

정말 호수 같은 연못이었다. 반대쪽 저 멀리에 서 있는 나무들이 산처럼 보였다. 투명한 거울 같은 물. 눈앞에 있는 자갈길로 아이들이 자그르르 자그르르 소리를 내며 자전거를 타고 지나갔다. 여기저기 낚시꾼들이 소리 없이 앉아 있고, 근처의 조그만 모래 놀이터에서는 엄마와 아이들이 재잘거렸다.

스이는 무릎을 세우고 앉아, 연못이 아니라 먼 구름을 보고 있었다.

"그런데, 왜 둘이서 보스턴에 계속 있자는 생각은 안 했어? 국적이 일본이라서?"

"그런 이유도 있지만……음. 그렇게 지내는 도중에, 뭐가 뭔지 알 수가 없어져서."

스이가 먼 기억을 더듬듯 고개를 갸우뚱 기울였다.

"원래는 남매지간이라는 거북함에서 도망치려고, 가서 기분 전환을 하려고 떠난 거였어. 단 둘이 멀리 떠나자, 뭐 그런 거였지. 정열도 있었고. 나는 처음에는 거의 신경 쓰지 않았는데, 오토히코는 그렇지 않았어. 곱게 자랐으니까. 보스턴은 좋은 곳이었어. 커다란 강이 있어. 강가를 따라 산책도 하고, 도서관에도 가고, 한잔하러 나가기도 하고, 항구에 가서 배도 보고. 우리에게는 천국이었지. 그런데 뭔가가, 스트레스 같은 게 계속 쌓이는 거야. 그러다 보니까 밤중에 번뜩 눈을 뜨기도 하고. 누가 부부냐고 묻거나 공원에서 노부부를 볼 때마다 어색해지는 거야. 도망자처럼. 처음에야 그런 것도 재미있었지만, 점차, 내가 손을 꼭 잡아도 그는 암울한 눈빛으로 나를 쳐다만 보게 되었어. 지금 웃어 주면 잘 풀릴 텐데, 늘 그랬지. 타인보다 형제보다 더 멀게 느껴졌으니까, 잘될 리가 없었지. 돌이켜 보면. 나 지금까지 이렇게 진지하게 생각해 본 적은 없어. 아빠와도 잤고."

"그럼……."

내가 말했다. 스이는 내쪽을 돌아보고서야, 내가 하려는 말을 이해했다.

"그래, 98번째 스토리에 나오는 여자, 나야."

"이제야 다 연결되네."

나는 말했다.

"친족이 아니면 매력을 못 느끼는 거니?"

"설마. 적어도 쇼지 씨는 혈연관계가 아니었잖아."

"하긴, 그러네."

나는 고개를 끄덕였다. 다른 사람 입에서 죽은 사람의 이름이 나오면 언제나, 그 사람이 눈앞에 있는 풍경에 녹아 있는 것 같은 기분이 든다. 특히 이렇게 야외에서 불쑥 들으면, 시원하게 그림자를 떨군 나무들의 소슬거림과 안개처럼 자욱한 여름의 달콤한 바깥 공기와 반짝반짝 흔들리는 수면, 그런 것들이 쇼지의 추억과 하나가 된다.

"그런 관점에서 보면, 속되게 말해서 너랑 나도 형제네."

나는 웃었다.

"네가 오토히코랑 잤다면, 형제가 틀림없지."

그녀가 그렇게 심술궂게 말하고는 웃었다.

"현재까지는 그런 일 없어."

나는 대답했다. 걱정스러운지, 그렇게 되기를 바라는 건지 가늠할 수 없었다.

"왜 오토히코가, 너에 대해서 무서운 사람인 것처럼 말했을까. 끔찍한 짓을 저지를 것처럼."

"왜 그런 거 있잖아. 우리 둘이 만나면 고대의 전설처럼 운명이 움직이기 시작할 거라고 믿고 있는 거지 뭐. 어리석은 사람."

스이가 말했다.

"아무 일도 생기지 않는데."

"응, 고요하네."

잠자코 세상의 소리를 들었다. 새 소리, 아이들 소리, 멀리서 울리는 벨 소리.

"98번째 스토리, 읽었어?"

스이가 물었다.

"응, 물론. 좋은 소설이더라. 특히 마지막이."

"나도 그 부분을 읽으면 눈물이 나. 잘 만나지도 않았고, 머리도 이상했고, 꺼림칙한 사람이었지만, 아빠가 나를 좋아한 건 틀림없다는 생각이 들어. 소설에 나오는 것처럼, 처음 만났을 때는 딸이란 걸 몰랐대. 엄마와 닮았다는 생각만 했대. 하지만 엄마도 몸을 판 적이 있으니까, 내가 정말 아빠의 자식인지 어떤지는 알 수 없지. 그래도 눈이 꼭 닮았잖아?"

그렇게 말하면서 그녀는 또 내 눈을 들여다보았다. 소름이 끼쳤다. 해묵은 우물 속의 깜깜한 수면처럼 깊은 눈이었다.

"정말 그러네. 사진으로만 봤지만."

나는 고개를 끄덕였다.

"조사해 보면 되잖아."

"그럴까 하고도 몇 번 생각했어. 그런데 내가 결국 누구의 자식인지 정체 모를 사람이어서 내일부터 당장 오토히코와 남남인 연인이 될 수도 있는 건가, 하는 생각만 해도 그 엄청난 해방감에 짓눌려서 알코올 중독이 되는 게 고작이겠다 싶은 기분이 들었어. 더 나쁜 것은 혈연이 맞을 경우. 확인하지 않았다면 변명거리라도 있잖아. 거의 에이즈 환자 수준이지. 인간이란 참 약해. 나, 정말 한심한 환경에서 자라서 비인간적인 걸 많이 봤지만, 역시 인간은 나약한 존재라는 걸 늘 알고 있었어. 어떤 의미에서는 성선설이라고 할 수도 있으려나. 내 경험으로는 비인간적으로 행동하려는 노력은 언젠가는 대가를 치르게 돼. 아빠처럼. 아니면, 하느님이 있다는 뜻일지도 모르지."

파란 하늘색이 눈이 아릴 정도로 짙었다. 신경 쓸 거 없이 둘이서 헤어지고 싶어질 때까지 계속 사귀지 그래? 그런 드라마 같은 말이 불쑥 튀어나올 것만 같이 아름다운 색이었다. 그런 일이 가능하게 여겨질 정도로. 하지만 힘겨운 사랑이 늘 그렇듯이, 두 사람은 몇 번이나 다시 생각하고 또 결심하면서 지금에 이르렀을 것이다.

"피곤한 역사였나 보네."

"딩동댕. 맞아."

스이는 커다란 입으로 싱긋 웃었다. 아뿔싸, 좋아하게 되고 말았다. 아주 오래전부터 이렇게 얘기를 나눠 왔던 것처럼 마음이 움직이고 말았다. 그렇게 생각했다.

"아빠를 포함해서, 역시 모두가 그것의 저주를 받았다고 생각해."

그녀가 말했다.

"그 소설? 나까지?"

놀라서 나는 물었다.

"그래. 행운의 편지처럼 다 이어져 있었어. 처음부터."

"그렇게 생각하니까 그런 거지."

"아니야, 사키도 그렇고, 오토히코나 나랑도, 오래 알고 지낸 사이 같잖아?"

응, 하고 나는 고개를 끄덕이고 말았다.

스이는 차분한 눈빛으로 나를 보면서 마치 나를 투과해 하늘을 보고 있는 것처럼 담담한 표정으로 말했다.

"그렇게 풀리지 않는 자기 암시를, 사람들은 저주라고 하는 거겠지."

나는 잠자코 고개를 끄덕였다. 바람이 불어 물이 찰랑찰랑 흔들렸다. 그녀의 출구 없는 조용함에 대답하는 것처럼.

둘이 동반 자살을 할지도 모르겠다.

불현듯, 그런 생각이 들었다. 확신에 가까웠다. 이대로 가면, 아마 그렇게 되리라. 하지만 말로 할 수는 없었다. 다만, 그런 마지막을 지켜보기 위해 알게 되었을 뿐이라면 싫은데, 하고만 생각했다.

"갈까?"

스이가 말해, 나는 일어섰다.

"응."

모기에 물려 가려운 다리를 긁으면서 스이를 따라갔
다. 뾰로통해서 걸어가는 뒷모습이 애완견처럼 건방지고
가녀렸다.

돌아가는 차 안에서 문득 떠올라 물었다.

"연구실로 한 번, 전화 걸었니?"

핸들을 잡은 채, 스이가 고개를 끄덕였다.

"그런데 왜 내가 받자마자 끊었어?"

내가 물었다. 스이는 미소를 머금었다.

"네가 정말 이 도시에 존재하는지, 그걸 확인하고 싶
었어. 이 세상에. 막상 목소리를 들으니까 긴장돼서 끊어
버렸어. 헤헤헤."

그러고는 쑥스러워했다.

돌아가는 길은 언제나, 조금은 쓸쓸하고 왠지 재미없
다. 하얀 거리로 저무는 하늘 아래, 그녀가 한 말을 충분
히 이해할 수 있을 듯한 기분이 들었다.

"나도 너희들이 정말 신기해. 책 속에 있던 사람들이,
지금 불쑥 튀어나와 얘기하는 것처럼. 나까지 책의 세계

로 들어간 것처럼."

나는 말했다.

"위험한 징조네."

그녀가 웃었다.

처음 내려 달라고 했던 사거리에서 헤어졌다. 내가 내리고 나자, 그녀는 "그럼 또." 하고는 휙 사라져 버렸다. 너무도 고요한 헤어짐이라 얼이 빠져, 돌아보지도 않은 채 골목으로 들어가려는데 경적 소리가 났다.

돌아보니 유턴해서 반대편 신호등 앞에서 그녀가 차 창을 내리고 웃으면서 손을 흔들고 있었다.

빨간 하늘 아래, 웃는 얼굴이 남쪽 나라의 과일 같았다.

오늘 처음 만난 사람이라니.

아주 오래전부터 함께 있었던 것 같은 기분이었다.

어렸을 때부터, 수많은 장면에서 수많은 얘기를 나눴던 것 같은 기분이었다.

뒷골목에서 가느다란 저녁 달을 올려다보며, 그 세 사람을 생각했다.

그리고 동반 자살만큼은 하지 않기를, 하고 어린애처

럼 기도했다.

"아 참, 스이라는 사람을 만나서, 친해졌어."

"뭐?"

사키는 잠시 침묵하더니 다시 말했다.

"그랬구나."

점심시간은 지났는데, 연구실에서 일은 손 놓고 있을 때였다. 나는 피식 웃으면서 일어나 냉장고에서 보리차를 꺼내 한 잔을 더 따랐다. 사키도 할 수 없이 빙그레 웃었다. 민소매 노란 원피스를 입은 모습으로 교수 의자에 앉아 다리를 책상에 올려놓고 있었다. 사키가 그렇게 하고 있는 풍경이 익숙해져 가고 있었다. 그녀를 처음 만났을 때 이 연구실 창문으로 보였던 것은 비 내리는 장마철 풍경이었다. 그런데 지금은 한여름이다. 여름방학에 들어간 학교 건물에는 사람이 몇 명 없고, 옆 고등학교 수영장에서 와글거리는 아이들 소리와 물소리가 들려왔다. 시원하지도 않은데 소리만 요란한 에어컨이 짜증 나, 잔을 빙빙 돌리며 보리차를 마셨다.

"그래서, 어떻게 친해졌는데?"

사키가 물었다.

"그 피곤한 사람이랑."

"피곤하지만, 재미있었어."

나는 대답했다.

"어디까지 들었어?"

"형제, 근친상간, 보스턴, 귀국."

나는 웃었다.

"뭐야, 다 들었잖아."

사키도 깔깔 웃었다. 하얀 어깨가 흔들렸다. 해바라기처럼.

"일부러 숨긴 거 아니야. 다만, 나와 너는 무관한 일이고, 신나게 할 수 있는 얘기도 아니니까."

"알아."

내가 말했다.

"사이, 안 좋아?"

"안 좋다고 할까, 엄마가. 엄마가 그 아이를 병적으로 싫어해서. 친해질 만큼 얘기를 나눈 적도 없어. 게다가 우리가 사이좋게 지내면 왠지 가짜 같잖아."

"그렇기는 하네."

"스이 엄마와는 몇 번 만났어. 돈 문제도 있고, 그래서."

"어렸을 때?"

"응. 오토히코는 다 커서야 일련의 일을 알았나 봐. 그래서 꼴이 그 모양이 된 거지. 하하하."

사키가 웃었다.

"가족끼리 만나고 헤어지고 또 만나고. 창피해서 죽겠어."

"하지만 난 그 기분 알 것 같아. 나, 시야가 무척 근시안적이거든. 가만히 내버려 두면 아마 평생 여기 살면서 변함없이 생활하고 만사에 대해서도 비슷한 느낌을 품었을 거라고 종종 생각해. 등장인물도 많지 않고. 뭔가가 부족한 거겠지. 세상의 불행에 대한 관심이나 모험심, 타인에 대한 흥미 같은 게. 그래서 왠지 남일 같지 않아."

"그거, 위로하는 말이니?"

"글쎄. 중간부터는 잘 모르겠네."

나는 웃었다.

"그런데 스이 엄마는 어떤 사람이야?"

"도무지 대책이 없는 사람. 이거 정말이야. 그 아이도 꽤 오래전에 엄마랑 헤어져서 혼자 살았던 것 같아. 그 아이가 아빠를 만났을 무렵에는 이미 소식조차 모르지 않았을까 싶네. 우리 엄마에게 몇 번이나 돈을 뜯으러 왔는데 알코올 중독에 매독에, 그런 얘기밖에 못 들었어. 애당초 스이가 형제라는 것도, 그런 아이가 있다는 것도, 오토히코가 그 아이와 사귀기 시작한 후에야 알았는걸. 패닉이었지. 엄마에게는 말도 할 수 없었고. 그런데 어쩌겠어. 사랑은 막을 수 없는 거잖아."

"정말 그렇게 생각하니?"

내가 물었다.

"뭘?"

사키가 눈을 동그랗게 뜨고 나를 보았다.

"사랑은 어쩔 수 없는 거라고."

"응."

사키는 고개를 끄덕거리며 대답했다.

"생리적인 혐오감 같은 거, 없어?"

"없어. 가령, 생각만 해도 메슥거리는데, 어렸을 때부터 같이 지낸 나와 오토히코가 그런 사이가 된다면 최악

일 거야. 하지만 스이와 오토히코는 서로 만난 적도 없었잖아. 나도 그렇지만 오토히코는 더욱이 아빠에 대한 감정이 각별했거든. 어려서 버려졌다고 분해하는가 하면 작품에는 심취해 있고. 좀 복잡해. 그 애 심정도 좀 이해는가. 98번째 스토리, 정말 좋잖아. 초현실적이고 낭만적이고 제일 좋잖아. 그런 작품과 그녀와 아버지의 추억이 전부 겹쳐지면 사랑에 빠질 수밖에 없지."

"의외였어."

나는 말했다.

"훨씬 더 결벽한 사람인 줄 알았는데. 그런 인상이었어."

"내가?"

"응."

"그러니까, 사람은 사귀어 봐야 안다잖아."

사키가 웃었다.

"타인에게 의외성을 원해 보지 않고는 모르지."

"맞는 말이네."

나도 웃었다.

"다만, 좀 무서워."

사키가 말했다.

"동반 자살."

역시 같은 생각을 하고 있었다. 나는 고개를 깊이 깊이 끄덕였다.

"너도 그런 생각 하지?"

"응. 그 두 사람, 죽을 생각 하고 있을 것 같아. 이대로 조금 더 가면 궁지에 몰려서, 그런 방법을 취할 확률이 높겠다는 느낌이 들어. 그냥 느낌이지만."

"지금은 아직……."

사키가 조그만 소리로 말했다.

"그런데 이렇게 넓은 데서 둘이 얘기하니까, 목소리가 유난히 울려서 무슨 굉장한 비밀 얘기를 하는 것 같다!"

"비밀이라니까."

나는 웃었다.

"별일 아니야. 자, 점심 먹으러 나가자."

"응."

일어나, 연구실에서 나왔다.

교정으로 나서는 순간, 마치 플래시가 터진 것처럼 눈부신 빛이 쏟아져 내렸다. 잠시 눈앞이 어질어질했다. 그리고 마침내 여름 경치가 눈에 들어왔다. 사람 없는 교정에서 풀 냄새가 났다. 옆에 있는 고등학교에서 야구 연습하는 소리, 금속 방망이의 경쾌한 소리, 박수 소리, 환성이 바람을 타고 들려왔다.

"아, 상쾌한 바람."

그렇게 말하면서 바람을 맞고 있는 사키의 넓은 이마를 보고 있었더니 기분이 묘해졌다.

'지난달까지는 아는 사이도 아니었던 친구. 다른 나라에서 태어난.'

말로 표현하면 그렇겠지만 조금 더 놀랍기도 하고, 가슴이 아파지는 그런 미묘한 감회였다.

건물과 건물 사이로, 네모반듯한 하늘이 보였다. 그 속에, 하얀 달이 부옇게 떠 있었다. 구름이 흘러가는 것도 보였다.

우리 외에는 아무도, 지금 여기서는 아무도 보지 않는 경치의, 진실된 아름다움.

슬렁슬렁 교정을 가로지르면서, 그런 생각을 했다.

그날은 오랜만에 비가 많이 내렸다. 나도 모르게 지난 번에 비를 맞고 찾아왔던 오토히코가 떠올랐다. 저녁때가 되자 마치 태풍이라도 부는 것처럼 천둥까지 우르릉거렸다.

　나는 방에서, 거리에 좍좍 내리는 빗소리를 듣고 있었다. 때로 번쩍 하늘이 빛났다. 아직 5시도 되지 않았는데, 온 세상에 밤이 온 것 같았다.

　초벌이 끝난 원고를 오늘 중에 복사해야 하는 일이 있었다. 내리는 비에 귀찮아 시큰둥하게 노트를 정리하다가 문득 생각이 미쳤다. 쇼지의 번역도 복사를 해 두자고. 오토히코가 그런 말을 해서가 아니라, 복사를 해 두는 것도 좋겠다 싶었다. 사키와 스이에게 보여 줄 날이 올 것 같았다.

　그래서 초벌 번역한 노트와 유품, 두 권을 젖지 않게 비닐 백에 담아 들고 비옷을 입고 방을 나섰다.

　비가 세차게 내리고 있었다. 복사기가 있는 근처 편의점으로 뛰어 들어갔다. 젖은 우산을 옆에 세워 놓고, 복사를 하기 시작했다.

가게 안의 지나친 밝음과 바깥의 검은 하늘. 젖은 도로와 무지개색으로 빛나는 헤드라이트. 복사기의 초록색 빛이 내 얼굴을 몇 번이나 훑었다. 가게에 사람이 들어올 때마다, 어서 오라는 인사말과 함께 빗소리가 날아들었다. 물기 묻은 바닥이 형광등 빛에 하얗게 빛났다.

온 정신을 다해서 복사를 하고 있었다. 너무 집중한 탓에 복사가 끝나자, 한 가지 일을 끝낸 듯한 후련함이 느껴졌다. 계산대에 가서 값을 치르고, 새하얀 종이다발을 다시 비닐 백에 담아 쑤셔 넣고 밖으로 나갔다.

그리고 차라도 한 잔 마시고 돌아갈까 싶어 한 걸음 내밀었을 때였다.

뒤에서 저벅저벅 요란한 발소리가 다가오더니, 뒷머리에 묵직한 무언가가 부딪쳤다. 퍽 하는 소리가 났다. 아프다기보다 놀라서, 무릎이 꺾이고 말았다. 옆으로 무언가가 쑥 튀어나왔다. 슈퍼에서 흔히 파는 우롱차 페트병이었다.

몸을 구부린 채 돌아보니, 눈에 익은 하얗고 섹시한 다리가 있었다. 젖은 보도에 똑바로 서 있었다. 그 선을 따라 올려다보았다.

"무슨 짓이야?"

애써 침착한 목소리로 물었다.

"아프잖아, 대체 무슨 생각이야?"

스이가 있었다.

묘한 꼴을 하고 있었다. 바짝 긴장한, 하얗게 질린 얼굴. 그런 한편 어딘가 모르게 얼이 빠져 있었다.

"심했다, 젖었잖아. 이렇게."

나는 비닐 백을 주워 들고 천천히 몸을 일으켰다. 나와 얼굴 높이가 나란해진 순간, 스이가 울음을 터뜨렸다. 폭발적인 울음이었다. 갓난아기처럼 커다란 소리까지 내면서. 두 번째 만나는 건데.

길 가던 사람들이 힐금힐금 쳐다보았다. 나는 창피해서 근처에 있는 차고의 지붕 아래로 얼른 그녀를 끌고 갔다. 칙칙한 콘크리트 벽에 갑자기 빗소리가 차단된 대신 스이의 울음소리가 그 네모난 공간 가득 왕왕 울렸다. 눅눅한 차 냄새 속에 서서, 나는 마치 떼 부리는 아이의 엄마 같은 한심하고 어처구니 없는 기분에 젖었다. 얻어맞은 것도 그런데, 이렇게 울기까지.

"대체 왜 그러는 거야?"

내가 물었다.

스이는 분에 찬 목소리로 말했다.

"거짓말쟁이. 나를 의심하고 복사를 하다니."

놀랐다. "뭐?" 하고 되물었다.

"내가 훔쳐 갈 거라고 생각했지?"

코맹맹이 소리로 그렇게 말을 이었다.

"아니야……."

그렇게 말을 꺼내고서야 비로소 변명하려 한다는 것
을 알았다. 다그치면 금세 변명하려 드는 자신이 성가셔
졌다.

"내 물건을 내가 복사하는데, 어째서 그런 말을 들어
야 하지."

나는 말했다.

"친구라고 했잖아!"

이번에는 스이가 격하게 따졌다. 새빨개진 얼굴로, 온
몸으로 말했다.

"내가 언제!"

나는 외쳤다. 그 목소리가 그 작은 차고 안에 소스라
칠 만큼 크게 울렸다. 전혀 모르는 타인에게 이해를 강요

하는 울림이었다. 스이는 아주 잠깐, 동요했다. 그 모습을
보았다. 생각했다. 그날, 친구라고 했는지도 모른다. 말로
는 하지 않았어도, 눈으로, 웃는 얼굴로. 그녀에게는 그것
이 말이었는지도 모른다.

나는 비닐 백에서 주섬주섬 쇼지의 유품을 복사한 것
을 꺼냈다. 그리고 그녀에게 건넸다. 멍한 얼굴로 그것을 받
아든 그녀가 무슨 말인가 하려고 했다. 지금 막 사람에게
서 말이 태어나는, 바로 그 순간 같은 신선한 표정이었다.

그런데 말이 나오기 전에, 스이가 갑자기 입을 막고 머
리를 숙였다.

"왜? 속이 안 좋아?"

내가 물었다. 오토히코가 떠올랐다. 그리고, 연인끼리
비슷하게 생겨먹은 건가, 하고 생각했다. 자기 관리 능력
은 별로 없으면서 갖가지 대담한 행동을 하는.

"아니……"

그렇게 말한 스이의 턱으로, 손가락을 타고 피가 흐
르고 있었다. 발아래 콘크리트로 먹물 같은 피가 한 방울
떨어졌다.

"흥분했더니, 코피가 터졌네."

어리둥절해하며 스이가 말했다.

"코피가 난다면서 머리를 왜 숙여, 들어야지."

"응."

스이가 고개를 쳐들었다. 사후에 경직된 것처럼 얼굴에 들러붙어 있는 손을 억지로 떼어 내고, 손수건을 건넸다.

"고마워."

얼굴을 누르고 있는 손수건 안쪽에서 웅얼거리는 목소리로 스이가 말했다. 그리고 천장을 본 채, 말없이 서 있었다.

이 애처로움은 뭐지, 하고 나는 생각했다. 혐오감과 감상으로 가슴이 메었다. 어떤 식으로 자란 것일까. 이상한 아이는 얼마든지 있다. 하지만 단순히 그런 것도 아니다. 이 사람이 발산하는 짙은 색, 본인조차 떠밀려 갈 듯한, 고통스러울 정도의 존재감.

비를 맞고 있는 수국 같았다.

"우리 집에 가서 얼굴 씻고 가."

내가 말하자 스이는 고개를 끄덕였다. 복사물이 든 비닐 백을 어깨에 메고 걷기 시작했다. 내던져진 충격으로 우산은 망가져 있었다. 고개를 쳐들고 걷는 스이의 손을 잡고 걸었다. 비는 이제 추적추적 내리고 있었다.

나를 미행한 거야? 언제부터?

겁이 나서 물을 수 없었다.

집 안으로 그녀를 밀어 넣고 불을 켰다. 멀거니 서 있는 그녀에게 수건을 건네며 말했다.

"세수해."

스이가 세면대 앞에서 물을 한껏 틀어 세수를 하고는 정신이 바짝 든 것처럼 개운한 표정으로 나타나자 왜 그런지 긴장하고 말았다.

"복사한 거, 사키에게도 줄 거니?"

앞머리가 젖어 있어서 수영한 후 같았다.

"응, 그러려고."

"이제 그만해도 좋을 텐데."

그녀가 표정 없는 얼굴로 말했다.

"요즘 나도 너희들 마음의 욕조가 된 기분이야."

내가 말했다. 이렇게 집에 쳐들어오지들을 않나.

"좋고 나쁘고를 떠나, 기분이 이상해."

"왜, 조금은 즐거운 부분도 있잖아. 이 공간, 이상하지.

우리는 즐겼어. 줄곧."

"그 소설 속 세계를?"

"응."

스이가 웃었다.

"약간 고딕조에, 지겨울 만큼 진지하고 낭만적인 데다 도피적이기도 하고. 결국, 영향을 받은 사람으로서는 사키의 접근 방식이 가장 정상적이지 않을까. 상대화하고 연구하고."

"하기야 너는 실천하고 있으니까."

나는 웃었다.

"그래, 실천."

스이가 말했다.

"그렇다고 지금 와서 어떻게 바꾸면 좋은지, 그것도 잘 모르겠는걸."

가끔 상태가 안 좋을 때면 이런 생각을 한다. 만약 아빠와 엄마가 이혼하지 않았다면, 만약 혼자 사는 생활이 이렇게 길어지지 않았다면, 만약 그때 언어에 눈뜨지 않았더라면, 쇼지를 좋아하지 않았더라면. 그런 우여곡절이 없었다면 나는 원래의 나일까? 자유로운?

상태가 안 좋을 때만이다.

"스토리가 아닌 인생 따위."

스이가 말했다. 나는 잠자코 커피를 끓여 들고 갔다.

"하지만 사실은 개미를 관찰하듯이, 여름방학 숙제라도 하듯이, 우리를 구경하고 있는 거지. 쇼지 씨를 떠나서."

커피 잔을 받아 후르륵 마시면서 스이가 말했다. 정상적인 말투로, 아무렇지 않게.

"어떻게 알았어?"

그렇게 묻자, 싱글싱글 웃었다. 우스갯소리로 한 말인데 그렇게 웃으니까, 정말인 듯한 기분이 들었다.

사키의, 그리고 오토히코의 집에 처음으로 놀러 가게 되었다. 그때 복사한 것은 스이에게 주고 말아, 다시 복사해서 가져가기로 했다. 유품이라고 소중하게 간직했던 것을 그렇게 마음 편히 나눠 줄 수 있다는 게, 한여름의 하늘 아래 꽤 후련한 기분이었다.

직장에서는 매일 만나면서 어떤 곳에 사는지는 몰라

서 이런저런 상상을 했다.

걸어가면서 컨트리풍의 조금 귀여운 방, 또는 블루스
풍의 무미건조한 방, 둘 중 하나일 거라고 추측했다. 어차
피 곧 알게 될 텐데도 그만 심각하게 생각하고 말았다. 복
잡한 지도를 따라, 지글지글 끓는 골목길을 걸어갔다.

ㄷ 자 형으로 돌자 그 안쪽 끝에 서양식 아파트가 서
있었다. 페퍼민트그린색 벽, 조그만 안뜰이 있다. 그야말
로 사키다운 곳이었다. 문에는 넝쿨이 엉켜 있다. 그러나
어딘가 모르게 어둡고 적막해서, 은신처 같은 느낌도 들
었다.

나는 바깥 계단을 올라가, 그들이 사는 202호실 문을
두드렸다.

"가자미?"

사키가 문을 열었다.

"길 잃지 않고 잘 찾아왔어?"

"조금 헤맸어."

"지금, 오토히코는 집에 없어."

나는 고개를 끄덕이고 안으로 들어갔다. 거의 예상했
던 대로였다. 귀여운 어른의 방이란 인상. 짙은 색 카펫.

책꽂이 가득 꽂힌 서양 서적. 그리고 뜻밖에도 바다 같은 분위기가 있었다. 어딘가 모르게 그랬다. 해묵은 흔들의자, 가족 소파, 부엌 바닥에 방치되어 있는 철 스토브, 장식장에 주르륵 진열된 술병. 어째 선실 같은 풍경이었다.

"바다, 좋아해?"

내가 물었다.

"오토히코가. 그 아이는 해양 관련 대학에 가려고 했어."

"그런데, 왜 안 갔는데?"

나는 그의 방을 들여다보면서 물었다. 아닌 게 아니라 요트용 부츠, 범선 사진집, 그리고 결정적으로 타륜이 벽에 세워져 있었다. 뜻밖의 일면이었다.

"여자 때문에 땡."

사키가 웃었다.

"참 간결하고 알기 쉬운 설명이네."

나는 말했다. 사키가 진저에일을 컵에 따라 내밀었다.

"진이 들어 있어."

"학교에서는 마시지 않으니까."

"참, 우리 절도가 있지."

사키가 말했다. 바닥에 앉아 마셨다. 달콤하고, 유난

히 맛있었다.

"덥더라."

땀이 식어 가는 곳부터 취기가 도는 느낌이었다.

"멋진 방이네

"고마워. 요코하마 집에도 오라고 하고 싶네. 순 일본
식 집이야, 방도 아주 많고. 처음 일본에 왔을 때, 하루아
침에 그 집에 살게 된 거잖아. 인테리어에 적응이 안 돼
서, 웃음이 나오더라."

"그랬겠지. 다음에 꼭 불러."

태어나고 자란 나라를 떠나 다른 나라에서 산다는 것
은 어떤 기분일까. 언니가 결혼한 후로 종종 생각한다. 자
기 삶의 주인공으로 그 땅에 녹아들 것인가, 아니면 언젠
가는 돌아갈 것이라는 생각을 마음 한구석에 간직하고
있을 것인가.

그때, 문이 열리고 오토히코가 들어왔다. 뭐랄까, 그가
지니고 있는 흥미로운 분위기, 유독 예리한 유니크함 같
은 것, 온몸에 떠다니는, 자신을 포기하고 있으면서도 전
혀 믿지 않는 것은 아닌, 그런 느낌을 좋아했다. 잘생겼
네, 하고 생각했다. 그야말로 스토리를 짊어지고 살아가

는 남자다.

"다녀왔어."

"어서 와."

그는 아직도 얼마 전 일 때문에 겸연쩍어하는 것 같았다.

기분이 이상했다. 『N·P』는 소설이다. 아무리 머릿속으로 저벅저벅 들어와도, 본인에게 웬만한 약점이 없는 이상 밀어낼 수 있다. 그런데 스이는 살과 뼈를 지닌 입체이고, 말도 한다. 머리를 살랑살랑 흔들고, 커다란 입으로 웃고, 음식을 흘리기도 하고, 뜨끈한 코피를 흘린다. 내 말에 바로바로 반응한다. 젤리처럼 현실이 멀어진다. 뒤틀리고, 실감이 사라진다. 그녀를 만난 후로, 내내 그랬다. 그녀는 『N·P』 자체이다. 그러니까 스이를 사랑하는 것인지, 사키 쪽인지, 상황 쪽인지, 알 수 없어진다. 어쩌면 오토히코에게 마음이 있는 것인지도 모른다. 그러나 그 한 가지만은 좀 곤란하다. 몇 안 되는 사람이 어떤 분위기를 만들어 가는 것은 위험하다. 갖가지 착각을 하게 된다. 하지만 계속 만나고 싶었다. 유달리 진지한 면이 있는, 그의 얘기를 듣고 싶었다.

묘한 기분이었다.

사랑을 하고, 헤어지고, 사별도 하고, 그렇게 나이를 먹으면 눈앞에 있는 것들이 모두 비슷하게 여겨진다. 좋고 나쁘고를, 우열을 가릴 수 없다. 나쁜 추억이 쌓이는 것만이 두려울 뿐이다. 이대로 시간이 흐르지 않으면 좋은데, 여름이 끝나지 않으면 좋은데, 하고 생각하기도 한다. 마음이 약해진다.

"너도 케이크 먹을래?"

사키가 케이크를 들고 왔다. 오토히코는 고개를 저었다.

"커피만 마실게."

셋이서 바닥에 앉아 티타임을 가졌다. 이 또한 기분이 묘했다. 다 같이 만나기는 처음이라서일 것이다.

"아, 그러고 보니까, 얼마 전에 나, 스이에게 얻어맞았어."

내가 말했다.

"비 오는 날, 갑자기. 들었어?"

"그녀를 만난 거야?"

그가 놀란 목소리로 물었다.

"응."

"그렇군……."

대충 알겠다는 듯한 말투였다.

"그래서 왜 맞았는데?"

"착각했나 봐."

"그 녀석, 제멋대로 착각을 하니까……."

"못 들었어? 나 만났다는 얘기."

"응, 처음 듣는 거야."

"그렇구나."

사키가 말없이 커피만 마시다가 입을 열었다.

"실례되는 질문 하나 해도 될까?"

"물론."

오토히코가 대답했다.

"자기 피붙이랑 자는 거, 어떤 기분이야?"

사키가 심각한 표정으로 물어서 나도 모르게 웃음이 나왔다. 오토히코도 피식 웃고 대답했다.

"정말 실례되는 질문이라, 깜짝 놀랐어."

"이런 기회 아니면 물을 수가 없잖아. 얼굴 보기도 힘든데."

"별로 생각해 본 적 없어, 사실은. 그래도 언제나 가책은 좀 느껴. 변명을 늘어놓는 것처럼."

"애당초 넌, 그런 면이 있었잖아. 이유가 없으면 키스 하나 못 하는."

사키가 그렇게 말해, 나도 거들었다.

"그렇구나……."

"이유 없는 성행위가 있나?"

오토히코가 말했다.

"혹시, 누나에게 늘 놀림을 당하면서 살아온 거 아냐?"

내가 묻자, 그는 응, 하며 고개를 끄덕였다.

"스트레스가 될 정도는 아니잖아. 놀리면 재미있는걸 뭐, 옛날부터."

사키가 말했다. 나는 나대로 왠지 모르게 신기하게 생각하고 있었다. 그때, 파티에서 꾸며 입은 차림으로 멀리 있었던 남매가 눈앞에서 그때와 똑같이 얘기하고 있다니.

"그런 것도 벌써 옛날 일이지. 아, 아까 말한 그거 말인데. 사귄 지 몇 년이나 지나서 그런지, 요즘은 그런 일도 거의 없어. 뭐, 형제와 다를 게 없지."

"사실이 그렇잖아."

사키가 그렇게 말해서 셋이 폭소를 터뜨렸다.

그 후, 나는 사키에게 복사물을 건넸다. 그녀는 "괜찮은 거야?" 하면서 받아들었다. "나도 좀 볼게." 하고서 오토히코가 손에 들고 잠시 읽었다.

"굉장히 좋은데."

그가 그렇게 말했다.

"괜찮아. 이왕 하는 거, 이것보다 잘해야 돼, 사키."

사키가 고개를 끄덕거렸다. 나는 왠지 가슴이 설렜다. 쇼지가 보상을 받은 듯한 기분이었다.

저녁때가 되자 오토히코가 시간을 확인하듯 갑자기 창밖을 보더니 말했다.

"나 갈게."

그러고는 일어섰다.

저녁이 깊어지면 만나고 싶어지는 것이리라, 하고 짐작했다. 그녀의 엷음과 어둠이, 아직 밤이 되지 못한 거리의 오팔색 풍경과 겹쳐지는 것이리라. 사라지기 전에 어서 찾아내야 하는데. 그런 기분이 들게 하는 그 옆얼굴. 어리광과 거절의 대조.

"스이에게 안부 전해 줘."

둘이서 그를 배웅했다.

"참 대책이 없네, 저 아이들."

사키가 말했다. 그리고 둘이서 밥을 먹으러 나갔다.

"어떻게 지내냐? 요즘."

상당히 취한 목소리였다. 전화라도 금방 알 수 있다. 취하지 않으면 친딸에게 전화를 걸 수 없는 것이다.

"잘 지내, 아빠는?"

토요일 밤, 갑작스럽게 걸려 왔다. 아빠에게는 지금 가족이 없다. 아빠와 함께 살림을 차렸던 여자는 또 다른 남자의 품으로 도망쳤다. 그런 종족이 있다. 실패를 두려워하지 않고 몇 번이나 새로 시작하는 사람들. 그런데 그런 사람들의 표정이 유독 밝지 않은 것은 어째서일까? 그렇게 과감하게 행동했으면서, 뒷골목에 사는 것처럼 얼굴에 후회의 표정을 새기고 있다. 아빠가 그랬다. 아빠의 여자도 그랬다. 그다지 성격이 맞지 않는 타입이다. 나는 어른이 되어서도 그들을 미소로 대할 수 없다.

"괜찮게 지낸다."

"그래. 적적하지는 않아?"

"이제 견딜 만하다. 아들이 근처에 살고."

"배다른 형제로군……."

내가 말했다.

"우리 집도 복잡한 가정인 건가."

"뭐라고?"

"아니, 그냥."

"이 정도는 흔히 있는 일이야. 문제없는 가정이 어디 있겠냐. 좀처럼 없지. 너 아냐? 그런 인간, 수도 없이 많아."

"안다고는 생각하는데."

"싫으면 이혼하지 않을 결혼을 해라."

아빠가 말했다. 나는 때로 생각한다. 눈에 보이지 않는 핸디캡에 대해서. 정신병 이력이 있는 집안, 이혼을 거듭하는 부모의 자식. 그런 뒤틀림 같은 것에 대해.

"자신 없어."

살아가는 것만으로도 삶은 흘러간다. 대체 뭘 어떻게 하면 아빠는 만족할까.

"많이 마셔, 매일?"

"술은, 그렇지. 너도 세잖니."

"유전이야."

"그렇구나."

"아빠는……."

곤드레가 되었을 때 결정한 인생을 진짜라고 생각하는 거지. 어려서부터 죽 하고 싶었던 말을 하려다 그만두었다.

"일은 잘돼 가고 있어?"

"일은, 별문제 없는 것 같다."

"그래……."

딸과 자고 싶었던 적 있어? 그런 질문은 더욱이 껄끄러워 하지 않았다.

"그럼, 또 전화하마."

"응. 잘 자, 아빠."

신경을 써 가며 몇 시간이나 얘기한 것처럼 지쳤다. 하나마나 한 많은 얘기를.

아빠가 집에 있을 때, 자연스럽게 얘기하던 장면을 떠올릴 수는 있는데. 손에 잡힐 것도 같은데 실행할 수 없다. 오랜만에 스케이트나 스키를 탈 때처럼 몸이 따라가지 않는다. 이런 게 시간이 흐른다는 걸까, 하고 생각했다. 내 마음은 어린아이 시절 그대로인데 아빠를 만나면 그 앞에 다 큰 어른 같은 여자가, 엄마를 닮은 여자가 서 있다. 그 관계가 잘 풀릴 리가 없다.

지금 아빠의 목소리 톤으로, 그때 다카세 사라오가 죽고 싶어 한 이유를 조금은 알 것 같은 기분이 들었다. 연인은 언제나 인생의 꽃이라고 생각했던 것일까, 그는. 아빠처럼, 그것이 언제까지나 계속된다고.

"놀러 오지 않을래?"

그런 말이 들렸을 때, 사키인 줄 알았다. 그런데 잘 들어 보니 스이의 목소리였다. 역시 자매이다.

"지금, 일하는 중이야."

나는 말했다. 연구실에서 혼자 바쁘게 자료 정리를 하고 있었던 것은 맞았다. 혼자 있는 건물은 대낮인데도 밤의 수영장 풀사이드 같기만 하다. 어둡게 빛나는 복도, 수영장 물처럼 넘치는 산소 냄새.

"오토히코도 없고, 심심해서. 보여 주고 싶은 것도 있고. 나중에라도 괜찮으니까, 놀러 와."

성가심까지 포함해서, 그리운 느낌에 만나고 싶어졌다. 창밖에는 파랗게 물든 솜 같은 하늘이 저 멀리까지 이어지고 있었다. 기분이 좋았다.

"알았어. 대충 정리되면 갈게. 뭐, 먹고 싶은 거 있어?"

들뜬 목소리로 물었다.

"기분이 좋은가 보네. S 가게의 에클레어."

그녀는 그렇게 대답하고, 집으로 오는 길을 가르쳐 주었다.

해가 질 무렵, 가르쳐 준 대로 스이의 집을 향했다. 근처에 산다는 인상이었는데, 의외로 먼 곳에 살고 있어, 버스를 타고 갔다. 버스를 타도 20분 정도 걸리는 곳이었다.

동네 어귀에 있는, 두부처럼 하얗고 네모난 아파트. 거기에서 혼자 사는 그녀가 나를 불러 주었다.

나는 또 이런저런 예상을 했지만, 이건 예상을 훌쩍 뛰어넘어 아무것도 없는 집이었다. 본인을 반영하는 물건이 전혀 없었다.

그냥 당연한 냉장고며 주방 기구라고 하고 싶을 만큼

멋대가리 없는 부엌 용품. 카펫도 쿠션도 아무것도 없는 바닥. 책상 하나 없는 다다미 방. 장지문이 한군데 찢어져 있어 내가 멀거니 쳐다봤더니 뻔한 변명이 돌아왔다.

"수리하려고 생각은 했는데, 귀찮아서 그만."

그래도 책꽂이에서만은 사람을 느낄 수 있었다. 그림책, 사진집…… 디킨스, 헨리 밀러…… 까뮈, 미시마 유키오…… 낡은 문고본, 패션 잡지, 만화 잡지. 그리고 산더미처럼 쌓여 있는 오래된 서양 책.

모자이크처럼 쌓여 있었다.

"참, 아무것도 없네."

내가 말했다. 이 사람은 집에 애착이 없구나, 하고 느꼈다. 보이는 그대로, 상자 같은 거라고 생각하는 게 아닐까.

"차 마실래?"

그녀가 그렇게 묻고, 부엌에 가서 냉장고를 열어 시원한 차를 잔에 따라 주었다. 마셔 보니, 어성초 차였다.

"맛있어?"

"아니, 이상해."

"아르바이트하는 데서 받았어. 커피 끓일게."

스이가 웃었다.

그리고 부엌 테이블에서 에클레어를 먹었다. 베란다에 걸린 풍경이 시끄러울 정도로 딸랑딸랑 흔들렸다.

영 불편했다. 그녀의 언밸런스한 존재감이 사람을 불안하게 만들었다. 그리고 그 점이 또 그녀의 미덕이기도 했다. 헤어지고 나면 다 하지 못한 말이 있는 듯한 느낌에, 또 만나고 싶어진다.

"보여 주고 싶다는 게 뭔데?"

"아 참, 그렇지. 이거. 지난번 답례로."

스이가 테이블에 놓인 누런 종이다발을 내게 건넸다.

"뭔데?"

내가 물었다.

"실은, 98번째 스토리야."

깜짝 놀랐다.

"진품이야?"

내가 물었다.

"다들 알고 있어? 이게 존재한단 걸?"

스이는 대답이 없었다.

"오토히코는?"

고개를 끄덕였다.

"사키는? 쇼지는?"

"모르겠어. 하지만 난 말 안 했어. 쇼지 씨는 몰랐을 거야."

스이가 말했다. 조금 슬픈 표정이었지만 이유는 알 수 없었다.

"읽어 봐도 돼?"

내가 묻자, 그녀가 고개를 끄덕였다.

나는 읽기 시작했다. 영어로 쓰인 자필 원고였다. 내가 읽고 있는 동안, 스이는 계속 창밖을 내다보고 있었다. 그 모습은 아직도 선하다. 눈가로만 슬쩍 봤을 뿐인데, 그 옆 얼굴이 가장 인상 깊은 표정으로 기억에 남았다. 불가사 의하게도.

98번째 스토리가 공개되지 않은 이유를 금방 알 수 있었다. 아마도 정신 상태 때문이겠지만, 거의 소설이 아니었다. 산문이라고 할지, 습작, 밑그림 같은 느낌이었다. 문장도 뒤죽박죽이어서, 왠지 가슴이 아팠다.

헤어진 아내와 아이들이 몇 번이나 등장했다. 그는 꿈 속에서, 집 안에 있는 그 사람들을 찾아갔다. 문 밖에서, 천장에서, 그들 모습을 엿보았다. 장지문 틈새로 들여다보았다. 아이들만 아빠의 기척을 알아차렸다. 엄마는 헛들은 것이라고 했다. 유리창에, 뭉개지도록 얼굴을 바짝 대고서 언제까지나 바라보았다.

그런 장면만 계속해서 그려졌다.

"너무 슬프다."

내가 말했다. 죽음 직전의 무대 뒤. 오토히코와 사키의, 그날 파티에서 보았을 때 같은, 꼭 그렇게 고결한 흔적.

"나, 엄청 비참하지."

스이가 말했다. 나와는 전혀 다른 관점에서 말하고 있구나, 생각했다. 그런 눈빛이었다.

"그렇게 생각하니?"

내가 물었다.

"저쪽은 자식으로 사랑받는데, 이쪽은 여자로서만. 게다가 지나가다 만난 여자처럼 말이야. 부러워. 그걸 읽으면 언제나 너무 부러워서, 약이 올라."

스이가 말했다.

"사랑에 우열 같은 건 없어. 나, 98번째 스토리 정말 좋아해. 딸에 대한 사랑과 여자에 대한 사랑이 하나가 된 그 사람의 애정이 우주까지 한없이 퍼져 나가는 느낌이 들어서, 마음이 따스해져. 여기서 부러운 사람은 너지. 그 스토리, 단편 중에서 가장 좋던데."

"정말?"

그렇게 물으면서 그녀는 환하게 웃었다. 웃음의 분량 만큼 마음이 닫혀 있다는 인상을 받았다.

"하지만 어느 쪽이든, 이제는 이미 죽은 사람이고. 그 리고 이걸로 전부야, 쓴 것도. 영원히 더 늘어나는 일은 없겠지."

"내 생각인데, 이거, 사키에게 복사해서 주지 그래? 그러면 후련해지지 않을까."

내가 말했다.

"그러는 것도 좋겠네. 문제는 계기인데. 계기가 있으면 줘도 괜찮아. 다만, 그걸 읽으면서 기뻐하겠지, 그런 생각 을 하면 짜증이 나서."

"그 기분, 이해할 것 같아."

"사키가 책을 출판하면서 말이야, 미발표 노트, 부록, 이런 식으로 권말에 실릴 걸 생각하면 어이가 없어져. 내 심술이 심한 건가?"

"아니, 당연한 일일지도 모르지."

나는 그렇게 생각했다.

"너 대체 누구 편이니?"

이상하다는 듯이 스이가 물었다.

"누구 편도 아닌데."

"그렇게 말할 줄 알았어."

"그럼 묻지를 말지."

"이상한 사람."

스이에게 이상한 사람이라는 소리를 듣다니, 굉장히 영예로운 일인 듯한 기분이 들어 신이 난 나는 나도 모르게 웃고 말았다.

"그런데 물어봐도 될까? 이 원고, 아빠에게서 직접 받은 거니?"

"당연하지. 내 방에서 쓰다가 두고 갔고 그다음에 죽었으니까."

"그렇구나…… 엄청난 얘기네."

"자필이란 거, 별로 안 좋지. 하지만 그때는 아직 어려서 잘 몰랐어. 이렇게 커서도 버리지 못하고 있을 줄은 정말 몰랐지."

"그래……"

나는 생각했다. 이상한 이야기였다. 다른 나라 이상으로 다른 나라 같은, 다른 차원의 이야기였다.

"그러고 보니까 너에게 주려고 계속 생각만 하던 게 있어. 이제 결심이 서네. 지금 줄게."

스이가 말했다.

"뭔데? 설마 100번째 스토리, 101번째 스토리가 있는 건 아니겠지."

나는 웃었다.

"계속 갖고 있었어, 이것도. 너, 쇼지 씨 장례식 때 안 왔잖아."

그렇게 말하고서 스이는 옆방으로 가 벽장을 열고 조그만 나무 상자를 꺼내 왔다.

내 입에서 나온 대사도 이상했다.

"뭔데, 상아나 뭐 그런 거?"

"비슷해."

그녀가 대답했다.

"열어 봐."

가벼웠다. 살며시 열었다. 솜 위에, 소름이 끼칠 만큼 새하얀 조각이 놓여 있었다. 어떻게 보면 노르스름하기도 하고…… 이 건물과도 비슷한, 역사를 품은 색이었다. 그러나, 잘 알고 있는 색이었다. 내 의식은 산산이 흩어지고 말았다.

"이거, 뼈야?"

내가 물었다.

"설마."

"맞아, 쇼지 씨 거야."

스이가 쑥스러운 미소를 머금었다. 이게 쑥스러워할 일인가, 하고 생각했다.

"화장이 끝나고 재가 되어 나왔을 때, 뼈를 줍는 척하면서 슬쩍 훔쳐 왔어. 따끈따끈한 걸. 얼마나 긴장이 되던지."

볼그레한 두 볼로 빙긋빙긋 웃으면서, 그녀는 그렇게 말했다. 자랑스러워하는 표정이었다. 나는 여전히 충격에서 헤어나지 못했지만 그런 자신을 추스르기 위해 애써 말했다.

"이렇게 되었구나."

"아아, 이제 마음이 놓이네."

스이가 말했다.

나는 조금도 마음이 놓이지 않았지만 무언가에 감동하고 있었다. 이해를 할 것도 같고 할 수 없을 것도 같은 친절한 열정, 아니면 쇼지의 뼈 자체. 어느 쪽인지 알 수 없었다.

"정말 고마워."

나는 말했다. 손바닥에 올려놓은, 하얗고 조그만 나무 상자의 무게. 모른 척하려 해도, 온 신경이 거기에 집중되어 있었다. 손끝이 저릿저릿한 느낌이었다.

"아르바이트는 뭐 하는데?"

"술집."

"가라오케도 하고?"

"응, 가끔."

"흐음."

나는 말했다.

"그건 그렇고, 정말 아무것도 없는 방이네."

"마음이 차분해져, 이렇게 사는 편이."

스이가 웃었다.

한없이 관에 가까운 방, 밤이 내려온 창가의 가로등 빛.

"조금만 더 같이 놀자. 너랑 있으니까 재밌어."

스이가 말했다.

기대어 오는 마음의 무게가 느껴졌다.

"그래."

속으로는 '정말이지, 뻐라니.' 아직도 그런 생각을 하고 있었다.

그날 밤에는 오랜만에 고등학교 시절 친구를 만나 잔뜩 마셨다.

꽤 취했다. 걸을 수 없는 정도는 아니었지만, 세상이 반짝반짝 빛나 보일 만큼은 몽롱했다.

그렇게 집으로 돌아가다가 오토히코를 만났다. 좁은 동네니까 그런 일은 흔히 있다. 멀리서 보거나, 책방에 서서 책을 읽고 있을 때 말을 걸어오거나. 하지만 늘 인사만 나누고는 스쳐 지나갔다.

그런데 그날 밤, 나는 멍하니 있다가 앞에서 오는 사람이 오토히코라는 것을 전혀 알아차리지 못했다.

"엇."

스쳐 지나갈 때, 오토히코가 큰 소리로 나를 불러 세웠다.

"어머, 오토히코."

"뭐야, 완전 취했잖아."

"우리, 같이 차 마시자."

내가 말했다.

"가자미, 지금 새벽 2시야."

오토히코가 웃었다.

"미스터 도넛에 가자."

내가 제안했다.

"거기는 아직 해."

"멀어. 알았다고, 캔 음료 사 올 테니까 길에서 마시자."

"칫, 궁상스럽게."

"어때, 여름뿐이잖아. 이럴 수 있는 것도."

"하긴 그러네."

나는 말했다. 여름도 절반이 지났다. 앞으로 몇 주면 끝난다. 슬펐다.

길가에 서 있는 자동판매기에서 보리차를 샀다. 데구

르르, 두 개. 깜짝 놀랄 만큼 커다란 캔.

그리고 큰길가의 닫힌 가게, 셔터 앞에 주저앉아 마셨다. 차들이 엄청난 속도로 쌩쌩 지나갔다. 트럭이 지나갈 때면 진동이 전해졌다.

"길바닥에 앉아 있는 거, 현장감이 굉장하네."

나는 말했다.

"밤이 생생하게 느껴지고."

"길거리에서 사는 사람들은 늘 이런 시점이겠지."

"그럴까, 늘 이러면 이게 보통이 되지 않겠어."

일상을 떠난 리듬으로 딱 멈춘 채 오가는 자동차와 사람들을 바라보고 있자니, 세상이 이상하게 똑똑히 보였다. 저 멀리까지 이어지는 가로등은 평소보다 한결 높이, 하늘에 가까워 보였고, 자동차의 불빛도 알록달록했다.

경적 소리와,

멀리서 개 짖는 소리와,

도로에서 나는 갖가지 소리,

사람 소리, 발소리,

셔터를 흔드는 바람 소리도.

공기의 뜨끈함, 낮에는 뜨거웠던 아스팔트의 감촉. 여

름의 먼 냄새.

"요즘은, 어때?"

내가 물었다.

"안 좋아."

그러고는 그가 내 손을 꼭 잡았다.

"아파."

"이 정도로 나빠."

"어린애네."

나는 말했다.

"스이, 얼마나 좋아해?"

"음."

보리차를 마시면서 그는 말했다.

"이렇게 거리를 보고 있으면 지나가는 여자들 얼굴이
전부 스이로 보여. 그 정도로. ……이런 노래가 있었지.
내가 표절한 건가."

"좋은 표현인데 뭐."

나는 말했다.

"그런데 아무리 애를 써도 잘 안 풀려."

"괜찮아."

"무서워."

시간이 멈췄다.

하느님이 그 자애로운 눈길로 이곳을 힐금 내려다 보았던 것이리라. 그런 평화로움이었다. 영원한. 밤의 골짜기.

밤은 스이를 닮았다.

낮에 생각하면 부옇고 별거 아닌 것처럼 생각된다. 그런데 막상 밤이 되면 그 어둠의 감촉이 거역할 수 없으리만큼 거대한 순수로 변한다.

"미국에 있을 때, 같이 요트를 타는 동료 중에 괜찮은 술친구가 있었어. 나보다 나이는 엄청 많은데, 그 남자가 보스턴에 놀러 왔을 때 스이랑 셋이 마신 적이 있었거든. 처음 만나는 자리치고는 웬일로 느긋하게 녹아든 그녀가 정숙한 내 연인 역할을 톡톡히 해 주었지. 왜 그런 경우 있잖아. 제3자가 있으면 모든 것이 매끄러워서 사이좋게 잘 지내고 있는 듯한 착각을 하게 되잖아?"

"알 것 같아."

어지간히 불안한 연애를 하고 있을 때나 그런 거지, 하는 말은 하지 않았다. 휭, 밤바람이 불었다. 높은 빌딩에 빙 둘러싸여, 물고기가 된 것처럼 세계가 닫혀 보였다.

"하지만 바다 사나이를 속일 수는 없었어. 그 사람들, 쓸데없이 예리하거든. 만사를 있는 그대로 보는 데는 도가 튼 사람들이야. 졸리다고 하면서 그녀가 먼저 돌아간 후에 그가 이런 말을 했어. '겁나는 여자랑 사귀고 있군, 저런 여자, 옛날에 바다에 많이 있었어. 얼이 빠져 있거나 실수를 저지를 것 같고 마음이 약해져 있을 때, 바닷속으로 유혹하곤 했지. 젊었을 때만 보였어. 젊었던 시절, 위험한 여자는 다 저 여자와 비슷한 눈빛을 하고 있었어. 스스로도 목적을 모르는 요물의 눈이야. 바다에서 봤던 여자들과 똑같아.' 라고. 아아, 역시 싶은 생각이 들었어."

나는 고개를 끄덕였다.

"너, 모든 걸 다 알고 있구나."

오토히코도 고개를 끄덕였다.

한여름의 한밤중. 눈을 감으면 무언가가 은밀하게 앞으로 나아가는 발소리가 들릴 것 같았다. 오래오래 길에 앉아, 가만히 그 소리를 듣고 있었다.

스이와 둘이 동네 어귀에 있는 강둑에 앉아, 빵을 먹고 있었다.

"한여름도 이제 다 끝났네."

스이가 말했다.

나란히 강물을 바라보고 있었다. 반짝거리며 잔물결이 일었다.

"그러네."

자글자글 쏟아지는 햇살이 엉덩이 아래 콘크리트를 따뜻하게 데우고, 모든 것에 새하얗게 반사되고 있었다. 강물은 콸콸 소리내며 흘렀다.

"햇살이 이렇게 세면 눈을 뜨고 있을 수가 없어. 졸린 것처럼."

그렇게 말하면서 스이가 내 등에 기댔다. 조그맣고 뜨거운 머리가 손바닥 안의 작은 새 같은 촉감이었다.

"후덥지근하네."

말은 그렇게 했지만 배도 부르고 귀찮아서 움직이지 않았다.

"음, 졸리다. 어, 태양에 비쳐 보니까 내 머리, 금발이네."

스이가 혼자서 종알거렸다.

"아, 바람이다."

상쾌한 바람이었다. 푸르른 강둑 위에 공놀이를 하는 소리, 강아지와의 산책, 피크닉 나온 가족들이 수놓여 있었다.

하늘은 강을 넘어 저 먼 거리로 이어졌다. 빨려 들어 갈 듯한 색이었다. 몸이 나른하고, 손발이 짙은 풀 냄새에 물들어 가는 것 같았다. 아무려면 어때, 싶었다. 많은 것들, 지금까지의 일, 앞으로의 일. 후끈한 공기가 촉촉하게 땀이 밴 온몸을 감쌌다. 눈을 감자 눈두덩 속이 빨갰다. 햇살에 타들어 갔다.

"아, 기분 좋다! 너무 너워. 영혼이 내려올 것 같아. 누구를 부를래?"

스이가 키들키들 웃어, 내 등이 울렸다.

"쇼지."

나는 웃으면서 말했다. 그리고 발치에 놓인 주스를 한 모금 마셨다. 달짝지근하고 시원한 맛이 위에 스미는 느낌이었다.

"네, 알겠습니다."

그러고는 스이가 입을 다물었다. 내 등에 기댄 채, 한참이 지나 이렇게 말했다.

"가자미, 미안하다."

무슨 뚱딴지 같은 소리야, 하고 말하려던 목소리가 얼어붙고 말았다. 놀리는 말이라는 것은 아는데, 스이가 머리를 기대고 있는 곳부터 등줄기가 써늘해지고 말았다. 식은땀이 나왔다. 목소리는 그녀인데, 내 등을 통해 들리는 소리는 다른 차원의 울림이었다.

"약속했는데, 바다에 못 가서 미안하다. 책이랑 시계도 돌려받지 못해서 미안해."

나는 겁이 나서 움직일 수가 없었다. 말로 표현할 수 없는 공포감에 눈물을 찔끔거릴 정도였다. 몸이 딱딱하게 굳어 갔다. 기어 들어가는 소리로 겨우 말했다.

"뭐라는 거야? 무섭게. 스이, 어떻게 알고 있는 거지?"

돌이보자 스이는 "뭐?" 하고는 어안이 벙벙한 표정으로 나를 보았다. 태양 아래서 보니 허여멀건 얼굴에 주근깨만 소복한, 정말이지 빈약한 아이였다.

"그냥 해 본 말이야. 우는 거야? 미안."

그녀가 내 볼에 손을 대었다. 뜨거워서 눈앞이 아찔했다.

"아니, 괜찮아. 조금 추억이 떠올랐을 뿐."

나는 말했다.

스이는 다시 내 옆에 와서 청바지 입은 무릎을 껴안고, 부신 눈을 찡그리면서 강물을 바라보았다.

이렇게 강렬한 햇살 아래에서는, 어쩌다 무언가가 반응을 해서 지금 같은 일도 생기는 것이리라. 아주 당연한 것처럼.

그렇게 이해하고서, 나도 강물을 보았다. 가만히 보고 있자니 자신이 흘러가는 것처럼 느껴졌다. 깨끗하고 투명한 물속으로 지나가는 물고기 그림자가 보였다. 풀이 손 아래에서 숨 쉬고 있었다.

"미안해."

다시 한 번 말하고, 스이는 똑바로 이쪽을 향해 웃었다. 힘이 넘실거리는, 인도의 어린아이처럼 또렷한 함박웃음이었다.

오랜만에 엄마를 만났다. 두 달쯤 되었으려나.

불쑥, "내일 점심 같이 먹지 않을래?" 하는 전화가 걸려 왔다. 우리를 낳은 후로 엄마는 자식을 낳지 않았다. 엄마의 남편(이라는 인상밖에 없다. 같이 산 적이 없으니까.)은 잡지사에서 편집장으로 일하고 있다. 그는 초혼이고, 물론 아이는 없었다. 셋이서 함께 살자는 것을 거절했다. 가끔은 후회하기도 하고, 미안하게 생각하기도 한다. 후회는, 홀로서기는 늦으면 늦을수록 좋다는 생각이 들 때, 미안함은 그렇게 쓸쓸한 목소리로 전화를 걸어올 때 찾아온다.

레스토랑은 런치 타임이라 몹시 붐볐다. 나는 약속한 시간에서 10분이나 늦게 뛰어 들어갔다. 엄마는 자리에 앉아 혼자 홍차를 마시고 있었다. 네이비색 투피스 차림에 꼼꼼하게 화장한 얼굴로 창밖을 보고 있었다. 왜 그런지 미망인 같아 보였다. 옛날부터 그런 용모였다.

"엄마."

말을 걸자, 고개를 이쪽으로 돌리고 웃었다.

"엄마, 조금 마른 거 아냐?"

식사를 하면서 내가 물었다.

"그러게, 여름 타서 잘 못 먹었어."

"바빠?"

"조금 뒤에 미팅이 있어."

엄마가 웃었다. 역시, 같이 살 때보다 늙었다. 시간이라는 개념이 없는 것처럼 생활하는 나는 엄마를 만날 때마다, 시간이 있는 미래로 타임머신을 타고 휙 날아간 듯한 기분이 든다. 엄마로 인해 비로소 시간의 경과를 인식한다.

"통역 일은 이제 안 해?"

"가끔가다 불려 나가기는 하지. 이 나이가 되니까 귀찮아서, 웬만큼 친분 있는 사람 아니면 거절해."

"그럼, 번역 일은 하고 있는 거야?"

"주로 그렇지."

"꾸준히 하네."

"그건 왜?"

"요즘, 나도 그런 아르바이트가 많거든. 어떤 걸까, 싶어서."

그러자 엄마가 말했다.

"너는, 번역은 잘 맞지 않을 것 같은데."

"알고 있어……. 왜? 역시 치밀하지 않아서?"

"뭐랄까, 마음이 약하다? 아, 그런 건 아니고, 너무 친절해. 일대일로 마주하잖아, 문장이랑."

엄마는 그렇게 말했다. 요즘 들어 신경 쓰이는 부분이었기 때문에, 속으로 '엄마, 그만해.' 하고 생각했다.

"번역은 아무리 냉정하게 하려고 애를 써도 감정이 이입되니까, 너 같은 아이는 신경이 남아나지 않을 수도 있어."

"그런 거야?"

"엄마 생각은 그래. 그 사람도 안 맞았지, 쇼지 씨."

"엄마, 용케 기억하고 있네."

내가 말했다. 엄마는, 그야 기억하고 있지, 하는 식으로 고개를 끄덕거렸다.

"어떤 책에 몰입한 상태에서, 그걸 번역하는 건 쉽지 않은 일이야. 하고 싶지 않은 책을 억지로 하는 것도 고통이지만."

엄마가 웃었다.

"쇼지 씨의 기분을 조금은 이해하겠어. 수십 년을 하
다 보면, 지칠 때도 있는걸. 번역이란 거, 지치는 양상도
좀 독특하거든."

디저트와 에스프레소가 나와 얘기가 중단되었다. 엄마
의 생각을 요즘은 별로 들어본 적이 없어, 신기했다. 엄마
가 하는 일도.

"다른 사람의 문장을, 마치 자신의 생각인 것처럼 더
듬어 가야 하잖아. 하루에 몇 시간이나, 마치 자신의 글
을 쓰는 것처럼. 다른 사람의 사고회로에 동조한다는 거,
그거 참 묘한 일이야. 거부감이 없는 선까지 들어갈 때도
있잖아. 그러면 어디까시가 자신의 생각인지 헷갈리기도
하고, 타인의 사고가 일상생활에까지 파고들기도 하고. 영
향력이 강한 사람의 글을 번역하다 보면, 그냥 읽는 것보
다 몇 배는 더 끌려 들어가게 돼."

"……엄마 정도의 베테랑도?"

"최근에는 엄마도 터득하게 되었지만. 번역 일을 시작
했을 처음에는, 그게 아마 이혼한 그쯤일 거야. 잘 안 됐

어. 일이 아무런 도움도 되지 않았다고 할까. 아이를 키우면서 혼자 헤쳐나갈 수 있을까, 생각하기 시작하면 밤에도 잠을 잘 수가 없었어……. 그런데 종일 타인의 문장과 씨름을 하고 있으니…… 아, 그래, 고독이라고 해야 하나? 고독에 거의 짓뭉개질 것 같았어. 그리고 기분 전환 거리는 뭐든 상관없었어. 사고를 완전히 중단할 수만 있으면."

"자식을 키우는, 그런 거?"

"자식 키우는 건 시행착오의 연속이야."

엄마가 웃었다.

"엄마는, 겐타마*였어."

"응?"

나는 되물었다.

"겐타마. 아하하, 지금 생각하면 웃음이 나온다. 하지만 당시에는 심각했어. 엄마가 자주 했잖아, 왜."

아, 그러고 보니 생각난다. 한밤중에 화장실에 가려고 일어나면, 엄마의 방 닫힌 문 너머에서 '탁, 탁' 하는 이상한 소리가 나곤 했다.

---

* 십자 모양의 손잡이에 끈으로 매달린 나무 공을 탁탁 치며 노는 놀이 기구.

"저주 거는 지푸라기 인형에 못 박는 줄 알았지."

나도 웃었다.

"어렸을 때 학교에서 겐타마 대회가 있었는데, 우승했거든. 그래서인가, 지금도 기분 전환 삼아 간혹 하는데, 그때는 정말 필사적이었어. 왜 그렇게 기를 쓰고 했는지, 참 이상하지. ……하지만 아마 게임 같은 건, 안 됐을 거야. 텔레비전을 보는 것도, 책을 읽는 것도, 술을 마시는 것도."

"뭐가 다른데? 그냥 몰두할 수 있으면 되는 거 아니야?"

"음, 글쎄. 물구나무서기나 손톱 깎기, 사우나, 수영은 괜찮을 것 같은데…… 아마, 미묘하게 몸을 사용하는 게 중요한 걸까. ……물론, 엄마만 그런 건지도 모르지. 지금 번역하고 있는 세계도, 현실도 아닌 나른 세세가 필요하거든. 스토리가 없는 세계가."

스토리……라는 단어를 최근에 들었다. 스이에게서다.

"아무 생각 없이…… 독경이나 명상, 그런 것처럼."

"비슷할지도 모르겠네. 진지하게 생각해 본 적 없지만."

"스토리를 너무 좋아하니까, 그래서 나나 쇼지 씨나 안 맞는 걸까……."

내가 말했다. 나는 아무 생각 없이 겐타마나 손톱 깎기에 열중할 자신이 없었다.

"모든 걸 빨아들이잖아…… 넌. 주위의 공기를. 목소리가 안 나왔던 적도 있었잖아? 드라마틱한 건 싫어하면서 공기를 느낀다니까, 늘. 그러면서 강해졌는지 몰라도, 쇼지 씨가 죽었을 때처럼 그렇게 우는 건 두 번 다시 싫다. 넌 좀 별나. 아빠를 닮은 건가."

"참, 전화 왔더라."

"어떻게 지내는 것 같아?"

"축 처져 있었어."

"그러니."

"하지만 여전해. 엄마도 그렇지만. 아직 젊어."

"정말?"

엄마가 웃었다. 겉모습은 점점 늙어 가고 있는데, 얘기를 하다 보면 성격의 핵심, 아마 엄마의 소녀 시절부터 그랬을 무언가가 얼굴을 내밀어, 그쪽과 얘기하는 기분이 든다.

"너는 어때? 즐겁게 지내니?"

"응, 엄청 즐거워."

그건 사실이었다. 시간의 흐름을 뼈가 저리도록 사랑
스럽게 생각한다.

　'엄마의 인생과, 엄마가 그때그때 품었던 기분 같은 것
을 조금은 이해하겠어. 이제 아이가 아니라는 뜻일까. 이
렇게 있어도 굉장히 불안해. 정말 외톨이가 된 기분이야.'

　나는 스이를 좋아했지만, 그녀 쪽에서 부르지 않는 한
만나러 가지는 않았다. 내 쪽에서 먼저 전화를 걸지도 않
았다. 내쪽에서 리듬을 만들어 가지 않으면, 일상 속까지
막무가내로 들어올 사람 같았고, 그렇게 되면 스이가 없
는 나날을 견딜 수 없을 것 같아서였다. 그 여자는 그런
사람이다. 한여름의 한두 주일은 불가사의하다. 영원히
변하지 않을 것 같은 햇살 속에서, 많은 것들이 진전을 보
이곤 한다. 사람의 마음과, 사건. 그러는 사이에도 가을은
칼을 갈고 있다. 시간이 지나지 않는다니, 그건 네 착각이
지, 하는 식으로 어느 날 아침 갑자기 싸늘한 바람이 불
고 하늘이 높아졌다는 것을 알게 된다.

아무튼, 눈에 보이지 않는 곳에서 무언가가 앞으로 나아가고 있었다. 스이는 종종 전화를 걸었다. 뜨거운 날에 그녀 목소리를 들으면, 귓속에서 마음까지 썩어 들어가는 듯한 느낌이 들었다. 거의 말기로군, 하는 울림이 늘 있었다.

그런 때면 그날밤의 길거리, 달빛에 어린 오토히코의 얼굴이 떠올랐다.

밤늦게, 스이에게서 전화가 걸려 왔다.

목소리로, 꽤 취했다는 것을 알 수 있었다.

"오토히코가 먼저 자 버렸어. 너무하지?"

그녀가 말했다. 나는 처음에는 투정인가 싶어 들어주지 않았다.

"잠이 오니까 잤겠지."

"내 주위에 있는 사람들, 어렸을 때부터 얼마나 잠을 잘 자는지 몰라. 술에 취해서 잠든 엄마를 밤새 지켜본 적도 많았고. 지금 와서는, 눈을 뜨고 있는 엄마 얼굴이 잘 떠오르지 않을 정도야. 아빠……라고 해야 하나, 남자친구라고 해야 하나, 다카세 선생도 그랬고. 어둠 속에서 뭐라고 열심히 주절주절 떠드는 거야, 불만, 후회, 야망,

그런 걸. 그렇게 문제 제기는 신나게 해 놓고 자 버려. 나는 계속 이런저런 생각을 하느라 눈이 말똥말똥해지는데. 예술에 대해서, 자유롭게 사는 것에 대해서, 반사회에 대해서. 내가 더 생각을 오래 했을 거야. 잠을 못 잔다는 것도 참 재미있어. 밤이란 것도 신비롭고, 일찍 자는 사람에게는 순식간이겠지만, 밤을 새는 사람에게는 평생만큼 길어서 득을 본 기분이 들기도 하고."

"한잔 마시고 자지 그래?"

힘들어하는 것 같아서, 내가 말했다.

"계속 마시고 있어."

우는 것도 화를 내는 것도 아닌 감촉의 목소리였다. 사랑이 막바지에 몰렸을 때, 여자가 허망한 웃음과 함께 흔히 쓰는 표현이다. 나도 종종 그랬다. 눈앞에 떠오를 것처럼 생생하다. 남자는 대개 그런 것을 미처 알아차리지 못한다. 아니면 알아차려도, 밤중에 여자를 혼자 내버려 둔 채 잠으로 도망간다.

이렇게. 지금 스이가 놓인 상황처럼.

"지금, 거기에 오토히코 있어? 그런 말을 큰 소리로 하고 있는데."

내가 물었다.

"아니, 집에서 거는 거 아니야."

움찔 놀랐다.

"밖이니?"

"응. 너희 집에서 바로 보이는 전화 부스 안이야."

역시. 하지만, 시간도 있는데 놀러 나가 볼까, 하고 생각했다.

"너, 나를 매번 한가한 사람이라고 생각하는 거지?"

내가 그렇게 묻자 스이는 웃었다.

"옛날에 사람과 사람의 관계는 이렇지 않았는데 말이지. 다들 언제나 한가롭고 친절했는데."

"모퉁이에 있는 전화 부스지? 기다려. 한잔하러 가자."

나는 그렇게 말하고 전화를 끊었다. 준비를 하고 바로 집을 나왔다.

밤길을 걸으면서 문득, 어쩌면 스이는 조금도 별나지 않은 그냥 건전하고 평범한 사람이 아닐까, 하는 생각이 들었다. 잘 생각해 보면 히스테리컬하지도 않고 하는 행동도 앞뒤가 맞는다.

그렇다면 그녀의 매력은 뭘까?

뭇사람들과는 어긋나는, 자립해 있는 재능의 자기 충족적인 무언가. 다른 사람과는 절대 공유할 수 없는, 그녀 자신만의 내면의 고뇌 같은 것. 몇몇 사람에게만 통하는 강력한 신호.

깊은 밤, 선글라스를 끼고 전화 부스에 기대어 선 스이는 바람에 흩날리는 버드나무 가지처럼 보였다.

"밤인데 웬 선글라스?"

내가 물었다.

"울어서 눈이 퉁퉁 부었으니까, 꼴사납잖아."

코맹맹이 소리로 그녀가 대답했다.

"그걸로 맞으면, 이번에는 죽을 거야, 나."

스이가 손에 들고 있는 종이봉투 위로 와인 병이 비죽 보여, 그렇게 말했다.

"아, 아니야, 그런 거."

스이가 손을 내저으며 뒤로 넘어갈 듯 웃고는 변명했다. 울다가 웃으면 어떻게 된다던데. 입술이 웃음 모양으로 움직여, 마음을 놓았다. 사람이 우는 것은 싫다.

"마시면서 왔어."

"우와, 병나발 불었어? 너, 자기가 무슨 폼 나는 여배우쯤 되는 줄 아는 거 아니니?"

내가 어깨를 치면서 놀리자 또 웃었다.

"아쉽네요, 종이컵으로 마셨습니다."

즐거웠다.

"맛없을 것 같은데, 그렇게 마시면."

"무슨 상관이야. 그보다 지금 굉장한 데서 마시다 왔어. 데려가고 싶어서. 안 갈래? 가게로 갈까?"

"아니, 거기 가 보자. 어딘데?"

"아, 흥분된다. 아무도 없거든."

스이가 말했다.

"너, 사실은 몇 번이나 가 본 적 있을 거야."

"어디지……."

나는 생각했다.

"따라와."

주말이라 거리에는 제법 많은 사람들이 오갔다. 여름 밤의 기운과 어우러져, 축제 같은 활기가 있었다. 가벼운 차림에 사뭇 한가롭게 걷고 있는 우리에게 말을 건네는 사람도 있었지만, 성큼성큼 걸어갔다.

"가자미, 여름의 끝에, 북적북적하고 신나지? 이런 때 쿨쿨 잠을 자다니, 오토히코는 정말 바보야, 그치?"

스이가 말했다. 그녀는 빨간 셔츠를 입고 있었다. 어둠에 잘 어울렸다.

"그 정도로 무심하지 않으면, 너랑 어떻게 사귀겠니."

"그것도 그렇다. 뭐든 자기중심적으로 생각하면 안 되겠지."

스이가 웃었다. 그녀와 그에게 평범한 커플에게 하듯 무슨 말을 하면 조금은 씁쓸하고도 애틋한, 그런 뒷맛이 남는다.

"어디쯤이야?"

"6가 사거리에서 조금 안쪽으로 들어가면 커다란 슈퍼마켓 있잖아? 그 근처야."

"어머, 말도 안 돼."

나는 말했다.

"쇼지가 살던 아파트 부근이네."

"가고 싶지 않니?"

스이가 물었다.

"아니, 통 안 가 봐서 관심은 있어."

나는 대답했다.

큰길에서 길 하나 안으로 들어가자, 현기증처럼 눈앞이 캄캄한 밤이었다.

"여기 맞지."

어둠 속에 솟아 있는 낯익은 아파트는 공사 중이라 하얀 막이 쳐 있고, 밖에서 보이는 모든 창이 어두웠다. 새로 짓는 것인가, 아니면 빌딩을 세우는 건가.

"나, 여기 몇 번이나 놀러 왔는데, 너에게 미안하다면서 한 번도 안아 주지 않았어. 멋진 얘기지."

스이가 말했다.

"지금 와서는."

어두운 건물을 올려다보았다. 1층이 세탁소이고, 그 옆에 입구가 있었다. 엘리베이터도 없는, 투박한 회색 3층짜리 아파트. 쇼지의 방은 3층에 있었고, 그 창문으로 보이는 거리는 밤이나 낮이나 새벽이나, 늘 조그맣고 평화로웠다. 마치 쇼지가 가진 육체의 창문으로 보는 것처럼, 평온했다. 잠을 푹 잘 수 있었다. 그렇게 잠을 잘 잔 시기는 앞으로 다시는 없지 않을까 싶을 만큼, 마음껏.

"실은 아까 울면서, 이 건물 옥상에 올라갈 수 있다는 걸 발견했어."

"스릴 있는데."

"무슨 탐험이라도 하는 것 같다."

"담력 테스트, 그런 것처럼. 혼자 있으면 갑자기 무서
워질 것 같아."

그리고 시커먼 입을 벌리고 있는 소리 없는 입구를 향
해 걸어갔다. 빨려 들어갈 듯한 어둠에 발소리가 저벅저
벅 울렸다. 달빛이 비치는 층계참 벽의 얼룩은 기억에 있
었다. 아주 어렸을 적 기억처럼, 그곳만 선명했다.

여기에 사는 것이 내 소녀 시절의 꿈이었다. 결혼을 하
고 이사를 하는, 그런 게 아니라 그저 돌아가지 않고 마
냥 있고 싶었다. 계단을 성큼성큼 올라가면서 줄줄이 이
어지는 어두운 문 안쪽을 공상했다. 순간적으로, 아주 강
렬하게. 하늘을 낮게 맴도는 새의 시야처럼 정경이 억지
로 머리에 파고드는 것을 막을 수 없었다.

들어서면 왼쪽에 있는 식기 선반.

녹색 냉장고.

온통 자료가 붙어 있는 벽.

창가에는 침대.

동전이 들어 있는 병.

집주인 몰래 키웠던 덩치 큰 잉꼬.

그것들이 문 안쪽에 꼭 그대로 있을 것만 같았다. 명절에 고향 집으로 돌아와 집 안을 돌아다니는 영혼처럼, 여름방학에만 가는 친할아버지네 집(두 번 다시 만날 수 없는 사람들, 두 번 다시 찾지 않을 집) 마당의 까마득한 기억처럼.

"마시지도 않았는데 취한 것 같아. 내 목소리, 이상하지 않니?"

어둠으로 목소리가 은밀하게 잦아들었다.

"추억에 취한 거지."

별일 아니라는 듯 스이가 말했다.

계단을 다 올라가, 옥상으로 나가는 층계참에 섰다. 딱 한 번, 연을 날리러 올라온 적이 있었다. 옥상으로 나가는 문은 잠겨 있었다. 쇼지는 보조열쇠를 만들어 갖고 있었다. 제 손으로 만든 연을 날리기 위해서.

"문이 잠겨 있네."

스이는 그 문의 다 녹슬어 가는 손잡이를 잡고 우리 안에 갇힌 고릴라처럼 한껏 흔들어 댔다.

"와, 완전히 폭력적이야! 소리가 엄청나잖아."

나는 말했다.

"무슨 상관이야."

스이는 온몸으로 문을 쾅쾅 치면서 말했다. 어두워서 어떤 표정인지는 알 수 없었다. 있는 힘을 다하는 것 같아, 겁이 났다.

"야!"

그러고는 기어코 끼익 문을 열었다. 시너 냄새와 오래도록 고여 있던 공기 속에서 밤의 신선한 대기 속으로 한꺼번에 몰려 나가는 느낌이었다.

"오랜만에 밖에 나온 기분이네."

스이가 말했다. 죽은 저수 탱크가 있는 좁은 옥상에 있다. 사방으로는 고요히고 맑은 밤의 풍경이 펼쳐 있었다. 호수에 비친 빛처럼, 정지해 있었다.

대충 아무 데나 앉아, 종이봉투에서 와인을 꺼냈다.

"미지근하지만."

그렇게 말하면서 스이가 따라 주었다.

"종이컵이고."

"응, 점점 흐물흐물해질 것 같아. 맛도 없겠고."

내가 말했다. 와인은 붉은색이었다. 맛은 꽤 있었다.

"먹을래?"

스이가 주머니에서 치즈를 꺼냈다. 손바닥에 받아 한 조각을 먹었다.

"이런 파티도 좋은데."

"암, 좋지. 밖에서 마실 수 있는 건 벚꽃놀이 때나 한 여름 정도잖아."

스이가 오토히코가 했던 말과 비슷한 말을 했다.

"그러고 보니까, 얼마 전에 오토히코와 딱 이런 식으로 보리차를 마셨는데. 너희들, 야외를 좋아하나 봐."

"실내에서 티격태격하다 보면 숨이 답답해지니까. 그래서 금방 밖으로 나가는 거야. 그러곤 화해하고."

"아하, 삶의 지혜네."

나는 말했다. 희미하게 자동차 소리가 들리고, 부는 바람에 땀이 식었다. 스커트가 팔락거렸다.

"이런 데서 마시다가 나중에 가게에 가서 또 가볍게 마시면, 느낌도 묘하고 재미있겠다."

"그래, 머리가 제자리로 안 돌아가고 말이지."

"나중에 가자."

"응."

"나, 친구가 없었어. 시간을 같이 보내는 아이는 많았지만 이런 식으로 얘기를 나눌 수 있는 친구는 늘 없었어. 오토히코 정도."

"그랬구나."

나는 말했다.

"어쩌면 너희 두 사람은 그런 식으로 완벽한 건지도 모르지. 투덜거리면서 의문을 품으면서 관계를 이어 가지 않을까."

그렇지 않은 커플이 적을 정도지만.

"음, 글쎄. 평범한 관계였다면, 아마 벌써 헤어졌을 수도 있어."

스이가 말했다.

"아빠 때는 어땠는데?"

"가난하고, 사춘기에, 변두리에서, 신경은 날카롭고, 엄마는 행방불명. 엉망진창이었어. 머리도 좀 혼란스러워서 뭐가 옳고 뭐가 그른 건지 전혀 알 수가 없었어. 에너지만 넘쳤지. 아빠는 내가 좋아하는 타입이었어. 내게는 죄책감이 조금도 없었어. 그렇게 생각해. 그런데 아빠는 있었나 봐. 그 사람, 나를 만나지 않기로 하고서 오래 살지 못했어. 만나서 친밀한 시간을 보낼 수 있었던 것만도 다행이라고 생각해."

"너무 친밀했던 건 아니고?"

내가 말하자 스이는 웃었다.

"그럴지도 모르지. 하지만 난 그런 쪽이 성격에 맞는 것 같아. 이 나라는 너무 질서정연하고, 선과 악이 통일되어 있고, 사람 이목을 신경 쓰고, 전철에는 유난히 치한이 많고, 그런가 하면 겁날 정도로 진짜 친절한 아줌마가 있어서 감동하기도 하고. 통 모르겠어. 기분이 안 좋아. 나도 나이를 먹어 가고 있고, 뭔가가 변하고 있다는 기분이 들어. 여기 눌러 있기가 힘겹기는 하지만, 한편 그런대로 살아갈 수 있을 것 같기도 하고."

"오호, 그야말로 귀국 자녀의 의견이네."

"그렇지."

스이가 말했다.

"어제 잠들었던 곳에서 눈을 뜨면 그나마 다행이라는 식으로 살았으니까, 줄곧."

"나는 그런 거 싫은데, 신경이 견뎌 내지 못할 거야,

보나마나."

나는 말했다.

"언제나 같은 침대에서 자고 싶어, 내 집의."

"지금은 갖고 있잖아."

치열하지만은 않은 인생을, 하고 스이는 말했다. 부탁이야, 더 자세하게 말하지 마, 하고 나는 생각했다. 유치할 정도로 당연히 슬픈, 내면의 이야기를.

"시큰둥한 표정 짓지 마, 살아 있으니까. 하나하나가 지금, 실화니까. 어디선가 들은 이야기랑 비슷할지 몰라도 지금 여기에서, 너만을 향한 살아 있는 언어니까."

갑자기 스이가 정색하고 말해 나는 깜짝 놀랐다.

"미안해. 내가 실망스러운 표정 하고 있었니?"

"응. 너만은 시시한 소리 하지 말라는 표정이있어."

스이가 웃었다. 가느다란 눈이 빛났다.

"진짜 사랑, 해 본 적 있어?"

"있다고…… 나는 생각하는데, 아직 잘 모르겠네. 쇼지가 그 상대였나. 하지만 말다툼조차 해 보기 전에 죽었으니까."

내가 말했다.

"왜 그러는데? 갑자기 언니 같은 소리를 하고."

"일본에 와서 만난 사람들. 오토히코도 포함해서 다, 밋밋하다는 생각이 들어. 나는 언제 어디서나 튀거든. 사람이란 좀 더 이상하고 너저분하고 끈적거리고 한심하고 고귀하고, 그러니까 무한한 단층을 지니고 있다고 줄곧 생각해 왔어. 인생이란 좋은 거구나, 연애란 좋은 거구나, 그렇게 말이야. 여자다운 척도 하고 강하게 굴기도 하고 나약해지기도 하고 대판 싸워서 목소리까지 쉬었는데 나란히 앉아서 달구경을 하기도 하고 똑같은 일을 하는데도 날에 따라 느끼기도 하고 못 느끼기도 하고. 울고 겁을 주기도 하고. 하지만 그 전부가 나야. 좋아하는 사람을 만나러 갈 때는 항상, 몇 번이든, 상대가 누구든 멋을 부리고 나가. 따지고 어쩌고 하는 거 없어. 이건 그냥 본능인 거겠지."

스이가 웃었다.

"또 엄청난 사랑을 해 봐. 전수해 주고 싶지만, 나, 같은 여자니까."

"동성애 경험은 없어?"

그렇게 물어보았다. 조금은 가슴이 두근거렸다.

"당할 뻔한 적은 있지만, 없어. 있었다면 삼관왕인데."

나는 깔깔 웃고 말았다. 술기운도 돌았다. 빛나는 야경이 이쪽으로 점점 다가오는 것만 같았다.

"하지만 너는 좋아해. 긴장도 되지만 안심할 수도 있으니까. 신기한 기분도 들고. 만나서 정말 다행이라는 생각도 들고. 이상한 사람."

스이가 말했다.

"좀 더 놀다 가자. 여름이잖아."

그러고는 내 옆에 벌렁 누웠다. 밀려오는 여자의 달콤한 머리카락 냄새. 재스민과 백단의 향내. 코로 기어오르는 여름밤의 기척.

"너, 어떻게 돼 있을까, 내년 이맘때쯤. 어디서 뭘 하고 있을까."

내가 말했다.

"글쎄."

스이가 말했다. 점점 솔직해지는 마음의 교류가 두려웠다. 그녀가 상냥한 것이, 마치 잘 따르는 애완동물을 보는 것처럼 두려웠다. 누군가가 자신을 싫어한다는 두려움을 전혀 모르는 육체의 존재감. 나는 레즈비언도 아니고 이미 여고생도 아닌, 그저 여자였다. 생명의 밀도가 높았던 시절의 과거 냄새를 풍기는 이 사람들과 있다는 것은 현실이란 위상과 미묘하게 어긋난 꽃밭에 있는 것과 다름없는 일이었다. 그렇다는 것을 분명하게 깨달았다. 아름다운 시간이다. 정말 좋다. 그러나 한계가 있다. 한없이 계속되지 않는다. 어쩌려고 새삼스럽게 이곳에 있는 거지 정신이 드는 듯한 느낌이었다.

바람이 셌다. 조금 싸늘해졌다.

"그런데 말이야, 역시 저주는 있더라. 알고 있었어?"

스이가 물었다.

"이렇게 어두운 데서 그런 말 하지 마."

내가 말했다. 하얀 콘크리트 바닥, 버려진 빨랫대. 야경의 조각들만 숨 쉬는 죽음의 공간. 누군가 듣고 있나? 언제나, 늘?

"쇼지 씨가 죽었을 때, 못 느꼈어?"

그녀가 물었다.

"자기가 아닌 누군가가 방에 있다는 거."

"모르겠어."

하지만 사실은 분명하게 느꼈다. 그날 아침, 이 건물

안에서.

"아빠랑 있을 때부터 내내, 쇼지 씨랑 있을 때도, 오토히코를 만났을 때도, 언제나 느꼈어. 무언가의 도구가 되어 버린 듯한 무력감 말이야. 언제나 내 쪽이 약해."

스이가 눈을 크게 뜨고 말했다.

"나, 겁나는 게 뭐 하나 없지만, 그것만은 아니야. 언제나 느껴. 아빠가 죽기 전에도 방에 있었어. 기척이 있었어. 사악한, 운명의 힘 같은 거, 그 책에서 배어 나오는 거. 아빠도 그래서 죽었어. 내가 산 건 그것 때문인지도 모른다고 생각하면 정말 끔찍해. 너를 만난 것도, 이렇게 같이 있는 것도."

"그게, 잘 모르겠지만 그 소설의 힘일까? 아니면 아빠의 재능?"

별이 돋은 하늘을 올려다보았다. 지금까지 알고 지낸 사람들의 얼굴을 떠올렸다. 폐허 같은 건물 위에서 다른 나라의 유적에 걸터앉아 있는 것처럼. 그렇게 느끼는 것은 나. 그럼 나는 누구지?

언제나 여기에서 멈추고 만다.

"아니지, 아빠 따위는 그냥 상자였어. 나라를 버리고

떠도는 일본 사람. 그게 옮겨 붙은 거야. 아빠는 죽었지만 그건 사라지지 않았어."

"그러니까 그게 예술의 혼이라는, 그런 얘기하는 거니? 아니면……."

이어 말하려는 나를 가로막았다.

"아니면……이라는 쪽이 맞겠지. 악령이다 저주다 나쁜 숙명이다 하는 거. 나와 오토히코를 꼼짝 못 하게 하는 거, 나쁜 피 같은 거."

"그런가."

나는 말했다.

"넌 이길 수 있어."

"그럴까."

스이가 말했다.

"그 사람도 빨리 손을 떼면 좋을 텐데."

"누구?"

"사키. 그래도 복사물은 보냈어."

나는 깜짝 놀랐다. 일어서서 옥상 난간을 잡고 아래를 내려다보고 있는 참이었다. 너무 놀라서 천지가 빙글 돈 느낌마저 들었다.

"네가 보내라고 하니까. 그러는 편이 좋겠다 싶어서."

돌아보니 스이가 방긋거리고 있었다. 하얀 짧은 바지가 어둠 속에 떠 있었다. 하얀 이도.

"만나서 직접 주면 좋았을 텐데."

"어떻게 그래. 쑥스럽잖아."

그녀는 부끄러워했다.

"아, 취했다."

그러고는 엎드려서 한참이나 부서진 콘크리트 조각을 손가락으로 긁어 모았다. 그러다 계속 눈을 감고 있어 불안해진 내가 다가가 보니, 자고 있었다.

"일어나."

흔들어 깨우자, 스이는 눈을 비비면서 열심히 일어나 말했다.

"꿈에 무덤이 나왔어. 엉덩이 밑에 사람이 하나도 없는 거, 안 좋은가 봐."

"그렇지. 무덤이 크기도 하네."

내가 말했다.

"내려가서, 마시러 가자."

스이가 고개를 끄덕였다. 그리고 또 시장처럼 시끌시

끌한 거리로 나가, 마셨다.

지금 생각해 봐도, 그때 그 옥상에 나쁜 그림자는 없
었다. 뭔가 좋은 것, 어린 시절의 꿈 같은 것에 포근히 안
긴 밤이었다.

8월도 하순에 접어든 어느 오후, 나와 사키는 영화를
보고 돌아오는 길이었다. 길거리에서, 차나 마시고 갈까,
하는 참이었다.

오가는 사람들은 많은데 왠지 적막하게 느껴지는 역
앞, 그림처럼 무지개색으로 빛나는 분수와 로터리를 조금
지난 언저리. 춤추는 물 너머로, 예의 불안한 그림자가 언
뜻 비쳐 보였다.

스이는 특수한 공기를 거느리고 걷는다. 북적대는 인
파 속에 있어도 이내 알아볼 수 있다. 가벼운 걸음으로
슬렁슬렁 걸어간다.

무심결에 불렀다.

"스이!"

옆에 있는 사키가 화들짝 놀라는 것을 느꼈다. 아, 하던 스이도 사키를 보고는 거북한 표정으로 히죽히죽 웃어 보였다. 그리고 이쪽으로 걸어왔다.

"오랜만이네. 복사물, 고마웠어."

사키는 바로 얼마 전에 만난 사람에게 말하는 것처럼 말했다. 그 순간, 스이가 사키를 껴안았다. 두 팔로 꼭 안고서 "정말 오랜만이다." 하고 말했다. 눈물까지 글썽거렸다. 스이가 정말 그리워했구나, 하고 나는 생각했다.

"얘는, 이거 놔."

사키가 웃었다. 너무 살가워서 사교상 웃는 웃음이라는 인상마저 주는, 그럴 정도로 마음이 담긴 웃음이었다.

스이는 사키에게서 몸을 떼자마자 바로 평상시 표정으로 돌아왔다.

"정말 많이 컸네."

스이가 말했다.

"오토히코는 자주 보지만, 너는 어린 시절 인상밖에 없어서. 반갑다, 나 스스로 놀랄 정도로 반가워."

셋이 서 있었다. 자동차들이 천천히 돌아가는 로터리,

버스 정거장에 늘어선 사람들의 줄, 화창한 그 오후의 이렇다 할 것 없는 공간에 많은 것들이 들어와 있었다. 복잡하고 세월에 묵은 것들. 일본과 외국이 섞인 거리도. 하지만 그렇다는 것을 조금도 모르는 채 지나가는 사람들의 몸이 어깨에 살짝 닿거나 그 목소리가 우리를 가로막곤 했다. 이상한 느낌이었다. 왜 스이는 운 것일까. 서로를 용서하고 나면 이 사람들은 어떻게 될까. 그렇다, 나는 이 사람들과 알고 지낸 지 아직 오래지 않은데, 이렇게 우연히 만나기까지의 양쪽을 어렸을 때부터 죽 봐 왔던 것 같은 착각에 사로잡혔다. 얼이 빠진 듯한 기분도 들었다. 뭐야, 어렵게 생각할 거 없었네, 너희들. 하지만 먼 길을 돌고 돌아 만나는 것이 혈족이다. 아무튼 그 공간은 그런 식으로 공기의 밀도가 달랐다.

"어렸을 때보다 훨씬 아빠를 닮았네."

스이가 말했다. 사키는 머쓱해했다.

"그래? 어디가?"

"눈가. 콧대. 아주 꼭 닮았어."

"엄마도 그렇게 말했는데."

"둘도 서로 닮았어."

내가 말했다.

"딱 자매다 싶은 인상. 닮은 게, 사촌처럼은 아니야."

"정말?"

스이가 사키의 얼굴을 빤히 쳐다보았다. 구멍이 뚫릴 정도로 오래오래 지그시 쳐다보았다. 그리고 살짝, 아주 맥없이 웃었다. 후우, 하고 한숨을 쉬는 듯, 슬픈 웃음이었다. 희미하게, 무언가가 마음에 걸렸다. 그렇게 웃는 얼굴을 언젠가 본 적 있었다. 그리고 예전에 느꼈던 적 있는 아픈 감촉이 반응했다. 하지만 그게 무엇인지는 알 수 없었다.

스이는 곧바로, 정말 그냥 웃는 얼굴을 보이며 집게손가락으로 사키의 코를 눌렀다.

"그럴지도 모르지, 코 언저리."

헤어진 후였다.

"지금까지 어떻게 못 만났지, 우연히라도 말이야."

사키가 이상하다는 듯이 말했다.

"하느님이 이제 만나도 되겠다고 결정한 거 아닐까?"

"나는 언제나 똑같다니까."

그렇게 그녀가 답했다.

"글쎄, 그럴까."

"동생의 인생인걸 뭐. 난, 상관 안 해."

그녀는 웃고는 덧붙였다.

"그런데 그 아이는 걱정스러워. 불안정해서, 만나고 나면 왠지 후회스러운 기분이 들어. 여전히 말이야."

"응, 언제나 사라져 버릴 것처럼 걷지. 늘, 더는 만날 수 없을지도 모르겠다는 생각이 들고."

돌아보자, 노란 셔츠 입은 뒷모습이 길거리에 뒤섞이고 있는 때였다.

멀어져 가는 풍선처럼.

둘이서 그 뒷모습을 바라보았다.

나는 지금도, 그 후에 생긴 일을 언어로 잘 전환할 수가 없다. 어쩌면 훗날, 오토히코가 나보다 몇 배는 멋지게 쓰게 될지도 모르겠다.

아니, 그 여름의 일은 애당초 처음부터 뭐라 말로 표

현할 수가 없다. 뜨거운 햇살, 그리고 강력한 부재감. ……나의. 내가 있었던 위치와 내가 다한 역할. 내 감정의 위치. 나는 내가 여름 그 자체였다는 기분이 든다. 나는 여름이었고, 딱 한 번뿐인 체험의 한가운데에서, 한 여자를 보았다. 스이를.

나는 그녀를 둘러싼 공기 속에 녹아들었고, 그 뭔지 모를 슬픔을 빨아들였다. 그 슬픔은 지금도 내 가슴속에 남아 있는 것 같다. 나쁜 운명, 나쁜 운명을 부르는 혼, 그런 것을 껴안고서도 기지를 다하려 애썼던 인간의, 그리고 그녀가 관철하려 한 사랑의 방식을 보았다.

아빠랑 오토히코는 어떻게 다른데?

많고 많은 게 남자인데 왜 하필 가족과?

완벽한 연애 따위는 없어, 헤어지고 나면 오토히코는 마음 푹 놓겠지.

지금까지의 인생, 잘 풀렸다고 할 수 있니? 뭐 하나 좋은 일이 없었던 것은 네가 틀렸기 때문이야.

그런 속삭임 속에서, 스이는 선택했다. 믿었다. 오만한 자신의 가녀리고 위태로운 혼의 몸부림을, 직감의 반짝이는 빛을.

흙탕물 속에서 야옹야옹 우는 버려진 고양이처럼, 사악하고 근원적인 생명의 힘. 쇼지에게는 부족했던 것. 나나 오토히코는 늘 온전하게 믿지 못해 주춤거렸던 것.

그것을 스이는 관철했다. 자신의 방식으로. 그 여름 나는 옆에 있으면서, 그것을 보았다.

나는,

스이를 보았다.

"좀 와 줄래? 허전해서."

스이가 울먹거리면서 말했다. 또 이러네, 하고 나는 생각했다.

"왜, 무슨 일 있어? 오토히코는? 없어?"

"그게 글쎄, 그 사람."

울먹이던 주제에 풋, 웃음을 터뜨리면서 그녀는 말했다.

"캠프 떠났어. 어이가 없어서 웃음이 나온다."

"캠프?"

나도 웃음이 나오고 말았다.

"캠프파이어의, 그 캠프?"

"미국에 있을 때 친구가 일본에 왔거든. 오토바이 투어를 한다면서 사흘 전에 떠났어."

"이상한 구석이 별나게 남자답네."

"그런 것 같네. 하고 싶은 얘기가 좀 있는데…… 와 줄래?"

"좋아. 시간도 있고."

통화를 하는 것도, 만나는 것도, 사키와 셋이 만난 후로 처음이었다. 나는 꽃과 케이크를 사 들고 스이의 집으로 향했다.

해가 질 무렵이었다. 각각의 집 안으로 파란색이 밀려들어와, 불을 켜게 하는 시간. 최근에는 알코올 중독에 걸린 사람처럼, 의식이 또렷해지고 나서 보면 언제나 저녁때였다. 어둠에 떠오르는 거리의 불빛, 언덕길 가의 주택가. 맥주를 한잔 마시고서야 비로소 아, 오늘 하루도 지금까지의 인생에 참가했구나, 하고 깨닫듯이 아, 오늘도 저녁때가 되었네, 하고 생각한다. 정신이 반짝 살아난다.

나 역시 늘 무엇인가에 홀려 있는지 몰랐다. 미행당하고 있다는 망상에 젖어 있는 분열증 환자처럼은 아니라

해도 무언가에 홀려 있지 않은 때가 있었나, 하고 깨닫는 식으로.

문을 두드려도 반응이 없어 손잡이를 비틀었다. 손쉽게 열렸다. 텅 빈 방에 불빛만 환하고 활짝 열린 커다란 베란다 유리문으로 낡은 스테인리스 창틀 크기만 한 짙은 저녁 하늘이 보였다. 거기만 네모나게 따로 도려낸 것처럼.

한 걸음 들어가자 베란다 끝에 서 있는 스이가 보였다. 웬일로 담배를 피우고 있었다. 바람에 말려 올라간 머리가 마치 스톱모션처럼 정지해 있었다.

"안녕."

인사를 건넸다.

"어서 와."

돌아본 스이가 말했다. 하늘의 색감에 비해 그녀의 그림자가 희미했다. 입술은 새파랗고 눈은 빨갰다.

"빨래 걷고 있자니, 힘들어서."

스이가 말했다.

"그래, 천천히 피워."

그렇게 말하면서 내가 방바닥에 앉는 순간이었다.

"앗."

스이가 외쳤다.

"왜?"

물으면서 엉덩이를 들었다.

"왜 하필 거기 앉는 거야. 아아, 커피 얼룩이……."

스이가 그렇게 투덜거렸다. 돌아보니 내 새하얀 바지
에 갈색 커피 얼룩이 또렷하게 번져 있었다.

"싼 거 같잖아. 그것도 큰 걸."

나는 좀 절망했다.

"조금 전에 거기 놓아둔 커피포트를 그만 걷어찼거든.
닦는 거 깜박했어."

스이가 까르륵 웃었다.

"아아, 웃기다. 어쩌면 딱 거기에 있니. 금방 빨면 빠지
니까, 벗어."

"뭐 입을 거 좀 줄래?"

"그래, 이거 입어."

스이가 막 걷어 들였을 빨래 더미에서 까만 면 스커트
를 꺼냈다. 나는 욕실에서 바지를 벗고 스커트로 갈아입
었다. 스이가 내 바지를 세탁기에 넣고 스위치를 눌렀다.

"미안하네."

스이가 그렇게 말하고 커피가 흐른 부분에 행주를 올려놓았다.

"앉으면 안 된다는 표시야."

"네, 네, 잘 알고 있습니다."

내가 말했다. 세탁기의 경쾌한 소리가 방 안에 울렸다.

"빨래 좋아하니?"

내가 물었다.

"응, 이 소리."

그녀가 대답했다.

"아, 꽃이랑 케이크야."

"백합, 정말 좋아하는데. 나 닮지 않았어?"

스이가 꽃을 껴안고 말했다.

"자기 입으로 말하는 것치고는 안 닮았는데."

"아차, 그런가."

사실은 좀 닮았다고 생각했다. 짙은 향기, 옷에 묻으면 지워지지 않는 꽃가루.

하지만 스이가 너무나 조용히 웃고 있어, 남자 중학생처럼 쑥스러워진 나는 말을 못했다.

거울 같은 눈. 무엇이든 그 모양 이상으로도 이하로도 비추지 않는, 싸늘한 울림을 지닌 눈동자. 스이는 그날 친절했다. 1년치 친절함을 느릿느릿 발산하는 것처럼 보였다. 따끈하게 데운 공기를 살며시 내보내는 것처럼 보였다.

역시, 백합처럼.

절망을 달짝지근하게 조린 시럽 같은 향.

"그걸 넘기고 났더니 이상하게 맥이 탁 풀려서."

꽃을 고스란히 담은 병을 테이블에 올려놓으면서 스이가 말했다.

"복사한 거?"

"응. 이상해? 그게 내 유치함의 마지막 보루였겠지만, 그걸 숨기고 있다는 사실에 취해서 휘청거리며 거리를 걸었던 기분이 들어. 나 혼자만 알고 있다고 생각하면서. 무의식적이었겠지만. 자신의 가치를 어디다 두면 좋을지, 그런 것마저 혼란스러워서."

"진짜, 이상하네."

내가 말했다.

"너, 지금까지 네 몸 하나로 살아왔잖아. 그건 부적에 지나지 않았어. 넌, 어디서든 살아갈 수 있는 사람이야.

그래, 그런 사람이야. 여기 살든, 아프리카에 살든, 인도에 살든."

"그, 그럴까."

스이가 웃었다.

"조금은 자신감을 되찾은 것 같네."

어린아이를 어르는 듯한 말투여서, 약이 올라 역설했다.

"그렇지. 너는 뭐라고 우는 소리를 많이 하기는 하지만, 다부지다고. 머리가 이상해지거나 어리석은 짓은 하지 않을 사람이야. 마지막에는 반드시 웃을 타입이라니까. 생명력과 재능이 있는데 뭐. 난 그렇게 생각해. 지난 한 달 동안 옆에서 보면서. 넌 대책이 없는 사람이기는 하지만, 그 누구보다 정상이야."

"고마워."

스이가 미소 지었다. 또 그 가냘프게 웃는 얼굴. 그때야 겨우 떠올랐다. 쇼지가 나를 향해 지었던 미소도 이랬다. 체념과 사랑스러움. 받아들이지 않는 완고함.

"하지만 재능이든 매력이든, 본인을 소진하게 할 뿐이야. 인파에 뒤섞이고 묻히고 작아져서, 죽어 갈 거야, 언젠가는 분명히."

"그러기 전에 변할 수 있는 게 아주 많잖아. 너는 그냥 지친 거야."

"그래, 그런 글로벌한 관점을 잃은 지가 몇 년이나 됐나 모르겠다. 오토히코를 만나고부터? 아니면 엄마랑 사이가 뒤틀린 후부터일까? 아빠랑 자고부터? 쇼지 씨와 헤어졌을 때? 아르바이트하는 데서 몸을 함부로 놀리게 되면서부터? 일본에 와서부터? 아아, 뒤죽박죽이네."

"피곤해서 그런 거지. 안색도 안 좋고."

"실은 나, 임신했어."

나는 움찔 놀랐다.

"언제? 틀림없는 거야?"

"어제 병원에 다녀왔어. 틀림없어."

"오토히코 아이니?"

"모르겠어. 하지만 확률은 아주 높아. 아마 맞을 거야."

"그거…… 좀 곤란한 거 아닌가?"

나는 돌려서 말했다.

"역시, 수술을 해야 하는 건가."

스이는 미심쩍다는 표정으로 말했다.

"어쩔 수 없는 일 아닐까?"

"글쎄, 그럴까……."

스이는 고개를 갸우뚱하고는 그대로 아무 말이 없었다. 나 역시 침묵했다. 그러다 무슨 말을 하려고 얼굴을 들었더니, 스이는 눈을 감고 있었다.

마치 이 세상이 아닌 곳의 바람 소리에 귀 기울이고 있는 것 같았다.

거긴 어디일까?

생각해 보니, 슬퍼졌다.

유난히 하얀 그 피부에 소녀 시절의 흔적처럼 자잘하게 박혀 있는 주근깨의 색도, 감은 눈두덩의 엷은 분홍색도, 살아 있는데 파인더나 액자 속에 갇혀 있는 듯했다. ……그렇게 스이의 얼굴 생김을 빤히 들여다보기는 처음이었다. 눈을 뜨고 있을 때는 그 눈의 인상이 너무 강렬해서 똑바로 쳐다볼 수가 없었다. 어쩌면 이 눈동자의 색과 빛이야말로 그녀의 전부인지도 모른다.

그러나 지금 그녀가 풍기는 것은 패배의 색이었다. 모든 것에 떠밀리고 지친 사람이 지니는 묘한 체념의 색채였다.

스이가 갑자기 눈을 반짝 뜨고, 입술 끝을 아주 살짝

올리며 웃었다. 행복해 보이는 표정이었다.

"나, 부끄럽지만 다시 한 번 '아빠'를 보고 싶어."

"아빠?"

"한 손으로 갓난아기를 안아 올리고 어르는 아빠, 그 아기가 보고 싶어 저녁때도 일찍 돌아오고, 비디오를 찍고, 열이 나면 안절부절못하고, 밤에 울면 아내에게는 신경질을 부리면서도 아기에게는 어떻게 못하는 아빠의 모습을. 엄마 노릇은 자신 없으니까."

"오토히코의 그런 모습을?"

"아니, 아마 아닐 거야. 그냥 일반적인 아빠. 남자가 아빠로 존재하는, 아주 어린 시절의, 유아기의 짧은 한때를 꼭 다시 한 번 보고 싶어. 오토히코에게 그걸 바라는지 어떤지는 나도 잘 모르겠어. 어쩌면 간절하게 바라는 나머지 바라지 않는 척하는지도 모르겠네."

나는 울고 있었다고 생각한다.

실제로는 울지 않았고, 눈물도 흘리지 않았지만, 그런 만큼 가슴을 에는 듯한 무언가가 끓어올랐다. 울면 실례라고 생각했다.

"그런데 있지."

스이가 웃었다.

"수술한다고 하면, 같이 가 줘야 돼."

"당연하지."

나는 말했다.

"가능하면, 그러는 편이 좋을 거야. 오토히코가 돌아오면…… 잘 의논해 봐."

나는 또 웃음을 터뜨리고 말았다.

"캠프에서."

"그래, 캠프에서."

스이도 웃었다. 화제와 그의 나이와 상황에 가장 어울리지 않는 단어다. 우리는 아마 어디에 있든 캠프라는 말을 들을 때마다, 오늘 일을 떠올리며 웃으리라.

"어차피 오늘은 아무것도 할 수 없으니까, 우리 밥이나 먹을까?"

스이가 물었다.

"밥? 그래, 좋아. 먹으러 나갈까."

내가 물었다.

"아, 입덧 같은 거 하려나? 뭐, 만들어 줄까?"

"수프랑 빵밖에 없는데, 먹고 갈래?"

스이가 더없이 부드러운 눈으로 말했다. 나를 가엾게 여기는 듯한, 자애로움에 넘치는 그런 눈빛이었다.

"네가 직접 만든 거야?"

나는 얼굴을 찡그려 보였다.

"응, 독이 들었어."

스이가 웃었다.

"상관없어."

나는 고개를 끄덕였다. 잠시 후, 그녀가 들고 나온 것은 진한 비프스튜와 딱딱한 호밀빵과 오이 샐러드였다.

"맛있겠는데!"

"응, 맛있어."

스이가 우쭐한 표정으로 말했다.

"스이는 안 먹는 거야?"

내가 묻자, 그녀는 슬며시 웃었다.

"조금 전에는 먹고 싶었는데, 역시."

그러더니 새삼 물었다.

"지금, 내 이름 말했니?"

"응?"

"스이라고 했어?"

"응, 무심결에."

나는 대답했다.

"네 입에서 그 이름이 나오니까, 꼭 무슨 다른 이름 같다."

스이가 말했다.

맛있었다. 나는 빵에 버터를 듬뿍 빨라 싹 해치웠다. 그동안 스이는 맥주를 찔끔찔끔 마시면서 이쪽으로 조그만 등을 보이고 텔레비전을 보고 있었다. 불길한 느낌이 여전히 맴돌고 있었다. 방이 너무 조용했다. 저녁시간이 너무 길었다. 텔레비전 소리가 왠지 서늘하게 들릴 만큼 왕왕 울렸다. 조금 어긋나 있었다. 기분과, 시간의 흐름과, 현실 공간. 처음 만났을 때에 비해, 스이가 너무 작았다.

설마 정말 독이 들어 있을 줄 누가 알았을까.

가물가물하게나마 의식이 있었던 것은 '이 사람, 진짜 사람을 거칠게 다루네.' 할 때까지였다. 바닥을 질질 끌려 갔다. 몸이 무거워 움직여지지 않았고, 입도 놀릴 수가 없었다. 눈꺼풀도 뭐가 힘껏 내리누르는 것처럼 뜨려 하면 뜨려 할수록 감겨졌다. 하지만 나는, 무슨 일이 벌어지고 있는지를 바라보려 했다.

필사적으로.

"미안해."

그렇게 말하는 스이의 조그만 목소리, 그리고 희미한 웃음소리가 멀리서 들렸다. 내 발목을 잡은, 파고드는 듯한 손의 감촉이 있었다. 그리고 그 손은 웃는 본인은 눈치 채지 못하게, 강력한 메시지를 전하고 있었다. 어린 시절의 그때처럼, 말이 아닌 강렬한 색채의 흐름이 꿈틀꿈틀 발로 흘러들었다. 짙은 보라색. 목을 졸라 죽일 듯 강하게 휘감기는 감정이.

'도와 줘, 살려 줘.'

그렇게 전하고 있었다.

죽을 작정이라고, 직감했다. 겉으로 보기보다 훨씬 지쳐 있었다. 쇼지처럼. 모든 것이 이어졌다. 그래서 나는 전하려 했다.

"죽으면 안 돼."

하지만 목소리는 나오지 않았다. 역시 어렸을 때 그날처럼. 쥐어짠 듯한 소리가 희미하게 새어 나왔다.

"죽……."

"왜 그렇게 생각하는데?"

불길하다는 듯 스이가 말하고, 내 발을 내려놓았다. 닿아 있지 않아도, 그 상념은 전해졌다.

뭐 때문에 태어났는데?

그저 싱글싱글 웃기만 하려고?

오토히코와는 끝났어.

끝났어. 긴 시간을 두고.

모자이크처럼 어지럽게 흩어지고 뒤죽박죽이 된 그녀의 마음이 죽음이라는 한 단어를 향해 모이고 있었다. 소리 없이 무지막지한 기세로.

"안 돼, 그런 건 말도 안 돼. 이번 여름, 재미있었잖아. 웃었잖아. 몇 번이나, 모든 걸 잊고 울고 웃고 그랬으면서. 죽으면 나, 잊어버릴 거야, 금방. 분하지?"

나는 총알처럼 말을 쏟아 내며 막으려 했다. 하지만, 마음과 달리 몸은 점차 마비되어, 닿지 않았다.

"안……, 이……, 죽……."

스이가 훌쩍 일어나 나를 흘금 보고는 현관으로 걸어갔다. 나는 알 수 있었다. 수정 같은 투명함으로, 번개 같은 빛으로, 확신이 가슴을 찔렀다.

'두 번 다시 만나는 일은 없겠네.'

그렇게, 생각했다.

뒷모습이 백합을 닮았다고 역시 닮았다고 말해 줄걸, 하고 후회했다.

그때 스이가 뒤돌아 섰다.

"뭐? 백합?"

다시 한 번 물었다.

"백합이라고 했니?"

나는 내가 어떤 방법으로 그렇게 했는지 모른다. 본드로 바닥에 딱 붙인 몸을 찌지직 떼어 내는 듯한 아픔이 있었다.

나는 꾸물꾸물 몸을 일으켰다. 의식은 거의 없었다. 유체이탈처럼(체험해 본 적은 없지만) 마음만 분명하게 둥실 일어난 것 같기도 했다.

눈은 감고 있었다. 하지만 스이가 우뚝 선 채 이쪽을 보고 있다는 것은 느끼고 있었다.

"우와, 「위험한 정사」 같네."

스이가 말했다.

"어떻게 일어날 수가 있는 거야?"

아직 약기운이 완전히 돌기 전이었기 때문이었을 것이

다. 원래부터 약이 잘 듣지 않는 체질이었다. 하지만 동시에 몸 속에서 무언가가 요동치고 있다는 것을 느끼고 있었다. 필사적인 것, 조용하고, 어렸을 때부터 줄곧 내 몸에 웅크리고 있었던 의문 같은 것, 쇼지가 죽었을 때 밤낮으로 생각했던 많은 것들, 스이를 만나고부터 줄곧 봐 왔던 그 그림자, 스이에 대한 마음, 사키와 오토히코의 웃는 얼굴, 이 여름을 추모하는 기분, 스이를 통해 느꼈던 인간의 슬픔, 나 자신의 슬픔이기도 한, 도무지 어떻게 할 수 없는 그 묘한 답답함, 처음 만났을 때의 눈부신, 강렬한 햇살, 반짝거리는 연못 물, 손, 잡은 손의 감촉. 살랑살랑 스치는 머리카락 소리, 여름, 여름을, 스이가 있고, 늘 흔들리듯 거기 있었던 공간의 색, 그 생명 너머를.

추모하는 기분.

"아깝잖아."

나는 확실하게 말했다고 생각한다. 어쩌면 말로 하지는 못했을지도 모른다. 하지만, 스이와 마음의 핀트가 맞았다. 번쩍 눈을 크게 뜨고, 스이는 내 사고의 에너지를 받아든 듯한 표정을 지었다.

"글쎄, 아까운가."

그녀는 그렇게 말했다. 그리고 신발을 벗고 내게 뛰어와, 나를 껴안고 키스했다.

짧았지만, 진한 입맞춤이었다.

꺼져 가는 의식 속에서, '여자와 이렇게 키스한 적 없는데' 하고 태평스럽게 생각했다. 마치 그 생각이 들렸다는 듯이 스이가 웃으며 말했다.

"이렇게 해서 삼관왕."

그리고 나는 잠이 들고 말았다.

마구 흔들어 대는 힘에 눈을 떴다. 순간, 이상하게 머리가 아팠다. 뭔가에 찔렸나 싶을 정도였다. 쿡쿡 찌르는 듯한 아픔에 꼼짝할 수가 없었다. 입은 바짝 말라 있었다.

"어⋯⋯."

나는 말했다.

"뭘 먹은 거야?"

오토히코였다. 당장이라도 나를 들쳐 업고 병원으로 달려갈 표정으로 나를 보고 있었다. 나는 머리를 흔들며 말했다.

"괜찮아."

그리고 또 지끈 머리가 아파, 얼굴을 찡그렸다.

"머리가 아파."

"물, 마실래?"

고개를 끄덕였더니 오토히코가 물을 갖다 주었다. 미적지근한 물을 꿀꺽꿀꺽 마시고 나서야 겨우 이곳이 내 방이 아니라는 것을 깨달았다.

그리고, 모든 것이 떠올랐다.

"스이는?"

"사라졌어."

오토히코가 대답했다. 울먹이는 얼굴이었다.

"없다고. 알 것 같아. 그런데 무슨 일이 있었던 거지?"

나는 겨우겨우 일어났다. 베란다에 놓인 빨래 바구니도, 널려 있는 내 바지도, 깨끗이 비운 접시도, 활짝 열린 창문도, 모두 그대로였다. 모두 아까 그대로인데 스이만 없었다. 나는 몹시 비참한 기분이 들었다. 홀로 남겨진 듯한, 축제가 끝난 뒤 같은, 끝없이 울어도 모자랄 것처럼 황량한 기분. 육체적인 이유가 컸다고 생각한다. 조금만 움직여도 머리가 지끈거리고 온몸이 오그라드는 것 같았다.

"지금 몇 시야?"

"새벽 2시."

"내가 여기 온 건 저녁때였어. 스이는 무척 피곤해 보였고, 임신했다고 털어놓았어. 알고 있었니?"

내가 물었다. 그는 봇물이 터진 듯 말을 쏟아 냈다.

"가능성이 있다는 얘기는 들었어. 난, 낳는 것은 무리라고 했지. 돌아와서 다시 얘기하기로 했어. 그런데 피차 이제 도무지 어떻게 할 방법이 없다는 건 잘 알고 있었기 때문에, 조금만 더 큰 일이 생기면 둘 다 더는 버티기 힘들다는 것도 알고 있었다고 생각해. 그녀도 잘 알고 있었어. 지금까지 버틴 것만도 기적이지. 낳겠다고 해도 겁날 건 없었어. 그런데 그녀 자신이 낳고 싶어 하지 않을 거란 느낌이 들었어. 그래서 아무것도 분명하게 결단을 내릴 수 없었지. 마치 헤어지자는 얘기를 하고 난 것처럼, 모든 것을 분명히 하지 않은 채 나가 버렸어."

"캠프에?"

머리가 아파 웃을 수는 없었다.

"야외로 가고 싶었어."

"응······ 그런데, 피임을 안 한 거야?"

내가 물었다.

"그야 했지. 스이가 피임약을 먹고 있었어."

"그럼 일부러 먹지 않았을 수도 있고, 먹는 걸 깜박했을 수도 있겠네."

"뭘 어쩌면 좋을지 모르지 않았을까. 그래서 무의식 중에 먹는 걸 깜박 잊었겠지."

꼭 쥔 두 손을 무릎에 올려놓고 오토히코는 말했다. 그 외에는 그저 고요하기만 한 밤이었다. 묘지처럼, 황량한 공기만 있었다. 꿈에서 깨어난 참혹한 공간의 잔해가 있었다.

"물 좀 더 줄래? 아윽, 아아야야야······."

나는 얼굴을 찡그렸다. 컵을 받아들고 오토히코가 말했다.

"너에게 약을 먹이다니, 왜 그런 몹쓸 짓을 한 거지? 왜, 뭐 때문에."

조금은 화가 난 투였다. 그 말투에서, 지금까지 쌓인 그 나름의 피로를 느꼈다.

"죽을 작정이었어, 스이."

나는 말했다.

"역시. 그런 마음을 먹지 않을까, 하는 불길한 예감이 들었어. 그래서 빨리 돌아왔는데. 그런데 없잖아. 같이 죽자는 말이 목구멍까지 나왔는데. 서로가 줄곧 그런 생각만 했어. 옆에서 보는 사람은 어이가 없겠지만, 언제부턴가 그 생각에 사로잡혀 있었어. 그래도 그렇지, 왜 제일 좋아하는 너에게 이런 짓을 했을까?"

정말 이상하다는 표정이었다. 하지만 나는 그럭저럭 알 것 같았다. 정말, 정말 죽자고 생각했는데 오토히코가 없는 때가 아니면 그럴 수 없었고, 나를 만나고는 싶은데, 그런 눈치를 챌까 걱정스러웠고, 그래도 불러서 얼굴을 보고 났더니 점점 더 어쩌면 좋을지 몰라, 나를 죽이고 싶다는 생각까지 했는지도 모른다. 하지만 그러지 않았다. 중간을 선택했다.

"막았어, 나. 있는 힘을 다해서, 마음으로."

내가 말했다.

"생각을 바꿨을까."

오토히코가 기도하는 눈빛으로 말했다.

"모르겠어, 미안해."

"희망은 있어. 차가 없어. 그리고 통장과 잡동사니 몇 가지도 없고."

"그래……."

머리가 잘 돌아가지 않았다. 빌려 입은 스커트가 눈에 들어왔다. 구겨져 있었다. 시간의 경과를 느꼈다. 스이가 있던 때부터의. 그리고 기척이 느껴졌다. 스이가 없는 이 방의 책꽂이 뒤, 흔들리는 커튼, 테이블 다리 언저리에서. 그런 자잘한 어둠이 현실과는 조금씩 어긋나 있었다.

"저주라는 게, 있었던 걸까. 스이 말대로."

나는 말했다.

비가 내리고 있었다. 창밖에서 후득후득 암울한 빗소리가 들려왔다. 공기에 밀물처럼 차오른 우울한 기척이 밤을 타고 찾아와, 우리의 몸부림을 싸늘하게 쳐다보았다. 죽음의 그림자. 눈길을 돌리면 밀려오는 무력감, 경계를 풀면 파고드는 덧없음.

"실제로는 잘 모르겠어. 하지만 분위기로는 늘 있었어. 둘이 있으면, 뭘 해도 헛되게 여겨졌어. 퇴폐적인 게 아니라 자포자기한 것처럼 맥이 완전히 풀리는, 늘 그런 기분이었어. 좋아하니까 즐겁게 지내자, 어떻게든 되겠지, 하는 기분은 한 번도 든 적이 없었어. 그러니까, 그런 게 아닐까."

"지금 이 방처럼?"

내가 물었다.

"응, 움직이질 않아. 하지만 그게 전부는 아니었어. 꽃밭 같은 좋은 것도 있었지. 그래서 계속될 수 있었던 거야. 우리 자신의 강함이 분명히 있기는 했어."

"알아. 그렇게 보였는걸."

"빗소리가 굉장하다."

"응, 본격적으로 내리기 시작했나 봐. 그리고 좀 춥다."

밤중에 내리는 비의 나른함이 조금씩 방 안으로 기어들었다. 빗소리가 쓸쓸한 리듬을 새겼다. 유리가 천천히 젖는다. 창밖의 가로등 빛이 파랗고 싸늘하다. 방 안이 한층 어두워진 기분이 들었다. 더 이상 이 방에 있으면 안 된다. 움직이기는 힘들지만 여기 더 있다가는 오토히코까지 망가진다. 가슴이 이 고독한 공기로 채워지고 만다. 안 좋다.

"택시 타고 갈래. 큰길까지 바래다 줘, 응?"

나는 말했다.

"……응, 정말 기력이 하나도 없네. 해변에 밀려 올라온 것처럼. 기분도 이상하고."

"여기서 나가자. 그러는 게 좋겠어."

거의 울상을 지으며 나는 말했다. 비참했다. 살아 있는 게 싫어질 정도로, 어두운 것에 떠밀리고 있었다.

"나가자."

다시 한 번 말했다.

오토히코가 말없이 일어섰다.

택시를 타면서 물었다.

"그 집으로 돌아갈 거니?"

우산이 없어, 둘 다 젖었다. 오토히코가 말했다.

"아니, 다시는 안 돌아갈 거야."

나는 안심했다. 거기에 그를 혼자 둘 수는 없었다.

"찾아볼게. 단골 가게랑 아르바이트 하는 데랑, 갈 만한 곳."

"나도 같이 찾을까?"

"그런 상태로는 무리지. 내일 지나고 도와 달라고 할지도 모르겠다. 그때는 연락할게."

그러고서 오토히코가 문을 닫았다. 손을 흔들자, 그가 돌아보았다. 그리고 밤의 모퉁이로 사라졌다. 어둠에 빨려 들어갔다. 빗소리에 지워졌다.

스이의 행방은 알 수 없었다. 오토히코에게서나, 스이에게서나 아무런 연락이 없었다. 나는 몇 번인가 스이가 죽는 꿈을 꾸었다. 그럴 때마다 딱딱하게 굳은 몸으로 벌떡 일어났다. 늘 땀을 흘리고 있었다. 그러고는 잠에 들지 못해, 이른 새벽에 신문을 들고 들어와 구석구석 읽곤 했다. 겁에 떨면서 텔레비전 뉴스를 보기도 했다.

그러나 아무런 정보도 얻을 수 없었다.

그렇게 사나흘이 지나자, 놀라우리만큼 스이가 까마득해졌다. 자신의 매정함에 놀라는 동시에 그 사람도, 그 사람들도, 그때 자신이 품었던 온갖 감정도 실제로 있었던 일 같지 않은 괴리감이 생겨났다.

주술에서 풀린 것일까.

꿈속에서 벌어진 일만 같았다. 나쁜 꿈은 아니었다. 어렸을 때처럼 내일이 기다려졌다. 그런 꿈속에서, 내가 할 수 있는 일은 전부 했다고 생각한다. 이제 내가 할 수 있는 일은 없다. 그래서, 생각지 않기로 했다. 생각하면 답답해져서 싫었다.

닷새째에 사키에게서 전화가 왔다. 나는 아직 자고 있었는데, 반사적으로 허둥지둥 전화를 받았다. 그 무렵의 버릇이었다.

"여보세요?"

"나, 사키."

사키가 말했다.

"아, 안녕."

"벌써 점심때도 지났어. 들려? 나, 지금 공항이야."

사키가 말했다. 아닌 게 아니라 전화기 저편에서 공항 특유의 자글자글한 소리가 전해졌다. 가슴이 두근거리는, 긴장감을 품은 한낮의 공항에서 들리는 술렁거림.

"어디 가는데?"

"뉴욕에 있는 친구에게. 리포트 쓸 책이랑 잔뜩 사 오려고."

"왜 그렇게 갑작스럽게?"

내가 물었다.

"그 아이가 없어진 후로 오토히코가 암울한 표정으로 집에 박혀 있는데, 견딜 수가 있어야지. 그래서 잠시 다녀오려고."

"누나가, 너무하네."

"그렇게 생각되면, 가서 놀아 줘."

사키가 웃었다.

"저 있지. 우리, 일단락이 난 거 같아. 스이가 없어져서, 그래서만이 아니라, 무언가가 싹 끝났어. 지키고 있던 무언가를 이제는 지키지 않아도 괜찮게 된 거지. 그렇게 된 걸 서운해하기보다는 당분간 편해진 걸, 그냥 이 나라의 일개 젊은이로서 축하해야 하지 않나 생각되더라고. 즐겨도 좋지 싶어. 여행을 하고 좋은 경치도 보고 옛날 친구도 만나면서. 뭐라 말을 잘 못 하겠지만. 그런 기분이 들더라. ……그리고 이건 내 직감인데, 스이는 아직 살아 있을 거야. 오토히코랑 같이 죽지 않는 한, 아마 죽지 않을 거야."

"그럴까."

"그런 느낌이 들어. 죽었다는 생각이 안 들어. ……여러 가지로 고마웠어. 큰 힘이 되었어."

"그런 소리 마. 바로 돌아올 거지?"

작별 인사 같았다.

"응, 여름방학 끝날 때에는 꼭! 우리 또, 동료 놀이
하자."

사키가 말했다. 속을 알 수 없는 사람, 냉철하고 강직
하면서도 친절한 여름 친구. 하지만 나는 처음부터 그녀
를 좋아했다.

"응, 가을에."

"자, 그럼 다녀올게."

"조심하고."

전화가 끊기고, 내 머릿속 공항 장면도 사라졌다.

어쩌면 돌아오지 않을지도 모르겠다고 생각했다. 아니
다, 지나친 생각이다. 가을에는 또 만날 수 있다.

그녀와는 다르다. 그녀와는.

생각하자, 또 가슴이 먹먹해졌다.

가자미,

잘 지내?

나는 건강하게 임신 4개월을 맞았어.

괜찮아, 걱정 마. 아빠(가 될 사람)도 있어. 그러니까 나를 아내로 맞겠다는 기특한 사람이.

정리해서 얘기해 볼게. 내게는 스스로 납득할 수 있는 몇 가지 선택의 여지가 있었어.

——수술하고, 오토히코와의 관계를 계속해 간다.

——수술하고, 오토히코와 헤어진다.

——수술하고, 그 사람과 결혼한다.

——수술하지 않고 그 사람과 결혼한다.

——자살.

——동반 자살.

아이도 낳고 오토히코와의 관계도 이어 가는 것은 가

능하지 않았어. 나는 그걸 뼈가 저미도록 알고 있었지. 너무 아파서 머리가 좀 이상해졌을 정도니까. 실종이 가장 나다운 방법이라고 생각하지만, 그리고 내가 좀 더 스토리성에 철저했다면 그럴 수 있었을지도 모르지만, 생리가 그치고부터, 일본으로 돌아와 혼자 살면서부터, 그 정도의 어중간함을 유지할 수 있을 만큼 에너지와 금전이 넉넉하지는 않아서 말이야.

내가 태어나서 지금까지 줄곧 믿어 왔던 스토리가 내게 요구한 것은, 나의 죽음이지 않았을까 생각하고는 해. 내게는 실종된 엄마가 있잖아. 그래서 실종보다는 죽음이 훨씬 낫다, 희망을 품지 않아도 되니까, 항상 그렇게 생각했어.

나는 죽고 싶었어. 언제나. 이건 정말, 정말, 정말이야.

결혼과 연인과 죽음이 같은 무게이고 어느 걸 선택할 수 없을 정도로 비슷하다니, 도저히 믿을 수 없겠지. 하지만 원래부터 있던 그 경향이 그런 선까지 심각해졌을 때, 만난 거야.

이른 죽음은 피할 수 없다고 생각했어. 아주 어렸을 때부터, 진심으로. 그 믿음이야말로 내가 걸린 저주였던 거야. 다른 사람이 어떤지는 모르겠어. 많고 적음의 차이는 있어도 다들 그런 것을 안고서 살아가지 않나. 그 사람이 그 사람인 불행 같은 것. 아빠 책에도 그런 내용이 쓰여 있었을 거야. 예를 들어서, 좀 예쁘다 싶으면, 남의 나라에서 자기 나라 여자가 힘겨워한다 싶으면, 딸 정도 되는 나이의 여자라도 안고 마는(가엾게도 진짜 딸이었네.) 성격. 좋아하지만, 비관적인 오토히코. 풋풋한 여고생과 사귀는 주제에 인생에는 희망 한 톨 품지 않았던 쇼지 씨.

물론 이런 말로 다 나타낼 수 있을 정도로 단순하지는 않아. 선악의 문제가 아닌 거지. 그 경향은 개인에게 깊이 뿌리를 내리고 있어, 때로는 재능이라는 얼굴과 결점이라는 이름으로 드러나곤 하지 않나 싶네. 깊이 뿌리를 내리고, 피와 함께 그 사람의 몸을 돌고 돌면서 그 사람을 그 사람이게 하는 거야. 인생이 그런 것이 아니고, 우리가 우리가 아니었다면, 저 아름다운 보스턴의 아담한 교회에서 오래전에 조촐한 결혼식을 올린 다음 조용하게 고결하게 살고 있었을 테지. 그러나 그것이야말로 현실이 아닌 스토리. 우리는 남매여서만이 아니라, 보통 커플들이 지

나는 스산한 길을 걸어 헤어지는 쪽으로 향했어. 우리가
우리이기 때문에.

이렇게 시시콜콜한 얘기를 장황하게 늘어놓아서 미안
하네. 하지만 가자미, 너라면 이해해 줄 것 같았어. 오토
히코에게는 짧은 편지만 보낸 만큼(멋지게 사라지고 싶었거
든.) 울분도 쌓여 있었고.

아무튼 상황은 여지없이 죽음을 가리키고 있었고 내
성격적인 경향도 그런 터라, 죽지 않고 살아갈 자신이 없
어졌고, 그렇게 되고 나니까 왠지 속이 부글부글 끓었어.
선택할 수 있는 길을 종이에 써 놓고, 자신이 가장 택하지
않을 만한 길이 무엇인지 생각해 봤지. 그것이 지금의 나
야. 운명을 비켜 가는 느낌.

그러나 선택은 했어도 현실에서 실행할 기력이 없어 가
자미를 부르기는 했는데, 그러고도 의논하기가 귀찮아져
이대로 너와 동반 자살을 하면 어떨까, 하고 생각했던 거
야. 하지만 물론 너는 잠만 재워 놓고, 그 옆에서 죽으면
외롭지 않을까, 그럴 생각이 떠오를 정도로 제정신이 아
니었고, 또 고독했어. 그런데 동요한 나머지 죽을 정도는

아니었지만, 필요 이상 많이 먹여 버려서 내가 먹고 죽을 약이 남지 않았더라. 네가 잠든 사이에 약을 나눠 주는 지인을 찾아가려고 했지. 절박함에 죽음을 서두르려고 한 거야. 그런데 네가 좀비처럼 비틀비틀 일어나는 묘기를 보여 줬어. 눈은 절반쯤 감겨 있고 목소리는 불안정하고, 정말 무서웠다고. 하지만 감동했어. 말이란 얼마나 유치한지. 하지만 정말 그랬어. 문 밖에서 조금 울다가 다시 방에 들어갔더니 네가 곤히 잠들어 있었어. 잠든 얼굴이 죽은 사람처럼 아름다웠어. 그래서 나는 최소한의 짐만 꾸려서 잘 자라고 말하고 영원히 그 방을 떠났던 거야. 걱정하지 마. 집세는 확실히 지불했으니까.

이제 곧 혼인 신고를 해. 가게에 다니던 손님이었는데, 돈도 있지만 돈과는 무관하게 정말 좋은 사람이야. 이런 일로 허세를 부리거나 거짓말은 하지 않아. 나보다 나이도 많고, 기본적으로 오토히코보다 훨씬 좋아하는 타입일걸.

나는 아이를 낳을 거야.

혈액형도 같았으니까, 들키지 않을 거야.

입덧이 엄마의 손찌검보다는 그나마 달다는 것을 알게

됐어.

좀 피가 진한 아이가 태어나겠지.

혹 눈이 세 개 달렸다거나,

한쪽 다리가 없다거나,

손가락이 여섯 개라거나, 그보다 나쁜 상황이 벌어진다면, 그건 또 그때 생각하지 뭐. 큰 소리로 할 말은 못 되지만 죽이는 것은 언제든 가능하잖아. 지금이 아니라도.

널 만난 후로, 너에 대해 자주 생각해.

보호자 같은 사람.

괴롭네. 처음 만났을 때, 한낮의 공원에서 사 준 아이스캔디가 너무 빨리 녹았던 것처럼.

어렸을 때, 친구 집에서 나쁜 짓을 하면 갑자기 엄마 얼굴이 되살아났던 것처럼.

좋아하지도 않는 사람과 데이트를 할 때, 어쩌다 문득 정말 좋아하는 사람이 떠올라 우울해지는 것처럼.

너라는 존재는 내가 줄곧 꿈꾸려 애썼던 기묘한 꿈의 좁은 세계에 어떤 충격과 함께 들어왔어.

너와 함께 있으면 즐거웠어. 너는 앞으로도 그렇게 살

아가겠지. 재미있는 인생일 거야. 너를 가만히 관찰해 봤어. 어벙한 성격에 명랑함, 어눌함, 착함, 우울함, 몸짓을 가만히 보고 있었더니, 왠지 나 자신을 조금은 좋아할 수 있을 것 같은 기분이 들었어. 다른 사람들도. 세계가 처음 있는 그대로의 모습으로 내 안에 몰려 들어온 듯한 기분이 들었어. 경악할 노릇이지.

그리고 너의 모습, 내가 뭘 물었을 때 하는 대답, 그런 것들뿐만 아니라, 눈에 비치는 갖가지 것들에 네가 지닌 색이 반영되면서부터, 어딘가에 어쩌면 출구가 있을 수도 있겠다는 생각이 들었어. 태양과 도로와 자동차, 길바닥에 핀 들꽃, 빌딩의 유리창. 길 가는 사람들에게 눈이 두 개 있고, 코가 하나, 입이 하나 있다는 것.

하지만 지금, 너를 가장 닮았다 여겨지는 것은 우편함이야. 우편함은 어디에나 있지만, 찾으려고 하면 좀처럼 만날 수 없잖아. 적막한 길모퉁이에 뜬금없이 서 있기도 하고. 맑게 갠 날이나 비 내리는 날이나, 한밤중이나, 온 세계에, 마치 밤하늘에 뜬 달이 모든 물에 비치듯 우편함은 있는 법이지.

지금, 내가 살고 있는 곳에도.

그 비 내리는 날 밤, 헤어지기 힘들어서, 마치 팔려 가는 망아지처럼, 오토히코가 있고 네가 있었던 이 여름에 감상적으로 뒷덜미를 잡히거나 돌아가고 싶어지지 않도록, 차 안에서 우편함 생각만 했어. 우편함이 실체로 나타날 만큼 열심히.

지금 있는 곳에서 (전화는 안 돼. 잘 전할 수도 없을 테고, 끊고 난 후에 견딜 수 없을 만큼 침울해질 테니까.) 너에게로, 그리고 오토히코에게로 이어지는 단 하나의 길. 그걸 상징하는 것이 우편함. 우편함하면 편지. 바로 이 편지야.

이제 편지를 보내러 나갈 거야.

나와 오토히코의 아이를 키울 거야. 아마도 온 힘을 다해서. 그러다 잘 자라 유치원에도 가고, 성인식도 치르고. 여자아이라면 좋겠네. 사키는 연구를 계속하고. 오토히코의 머리는 비로소 정상적으로 돌아오고.

그리고 나는 우편함을 볼 때마다 영원히 너를 떠올리겠지.

모든 게 계속될 거야.

더는 만나는 일이 없겠지.

아무쪼록 건강하기를.

하지만, 언젠가 또.

스이가.

🥤

9월이 시작되었다.

갑자기 떠안게 된 초벌번역 아르바이트 때문에 밤을 꼬박 새고는 새벽에 꼴닥 잠이 들었다. 눈을 뜨니 벌건 대낮, 불쑥 콜라가 마시고 싶었다. 밖에 나가 바로 옆에 있는 자동판매기에서 사 마시고, 나온 김에 산책을 하고 돌아오면서 오랜만에 우편함을 들여다보았더니, 그 편지가 들어 있었다. 빙에 들어와 침대에 드러누워 맥주를 마시면서 읽었다.

흐뭇한 편지였다.

다 읽고서, 그것을 손에 쥔 채 한동안 눈을 감고 있었다. 커튼 너머 새어 드는 빛이 눈 속에서 빨갛게 아른거려, 여름 바다에 있는 것 같았다.

해변에서, 햇살 아래 파도 소리를 들으면서 얼굴에 뜨

거운 바람을 맞고 있는 것 같았다. 그리고 또다시 조금 잠을 잤다.

아직도, 여름이 거기에 남아 있었다.

다시 눈을 떴을 때는 태양이 금빛으로 넘실거리고 있었다. 밤이 내리기 직전 하늘은 새벽과 똑같은 상태가 된다. 그러다 아침과 정반대 순서로 색이 짙어지며 저물어 간다.

그 무렵의 스트레스에서 단번에 해방되어, 나는 텅 비어 있었다. 기분 좋은 텅 빔이었다. 무언가를 할 수밖에 없다고 생각했다. 그리고 이내 분명하게 깨달았다. 사키처럼 멀리는 아니더라도 떠나자고 생각했다. 이제 불길한 소식이 날아드는 것도, 스이가 불쑥 나타나는 것도, 기다리지 않아도 된다. 아무튼 여름이 끝나기 전에 바다로 가야 한다.

나는 날짜가 며칠이 되든 문제없게 넉넉하게 짐을 꾸렸다. 그리고, 어딘가에 묻든지 어떻게든 하자고 예전부터 생각해 오던 예의 조그만 상자도 짐에 넣었다. 만약 스이가 죽으면 이것과 그날 빌린 스커트를 유품으로 삼을 작정이었다. 마치 유품 수집가 같다. 하지만 이제는 아니다.
스이의 방 베란다에 아직도 널려 있을 내 바지를 생각했
다. 애처롭기도 하고 우습기도 한 묘한 기분이 들었다. 몇
달 후에는 스이의 짐과 함께 처분되겠지.

보스턴백에 넣을 때, 쇼지의 뼈가 달그락 소리를 내
었다. 바다의 울림을 그리워하듯, 잠시 귀에 대고 흔들었
다. 내가 기대면 마침 알맞은 형태로 파여 운전에 방해조
차 되지 않았던 그 어깨의 두께를 떠올렸다. 얼굴이 아니
라 어깨와 핸들을 잡은 손만을. 그 안에 이것이 들어 있
었고, 죽었더니 이렇게 되고 말았다.

스이가 죽지 않아 다행이다.

샤워를 하고 아직 머리가 채 마르지 않았는데, 출발
했다. 해거름의 향내를 품은 늦은 오후의 빛이 거리를 투
명하게 비추고 있었다. 골목길 어귀마다 집들에서 비어져
나온 나무들이 엷은 그림자를 드리우고 있었다.

문득, 한여름에 처음 사키네 집에 갔을 때가 떠올랐

다. 아주 먼 옛날 일처럼 여겨졌다. 평화로웠던 추억. 그리고 또 문득, 오토히코를 만나러 가 볼까, 하는 생각이 들었다. 모두가 없어지면 너무 가엾다. 편지는(내게 보낸 편지보다 아마 썰렁할) 그의 집에도 왔을 것이다. 보나마나 그에게서 전화가 걸려 올 것이다. 여행을 떠난다는 생각에 빠져 까맣게 잊고 있었다. 스이의 편지를 갖고 오지는 않았다. 하지만 보여 주지 않는 것이 그녀에 대한 예의라고 생각했다.

그의 집에 도착해 벨을 눌렀다. 곧바로 오토히코가 얼굴을 내밀었다.

"안녕."

내가 말했다.

"들어와."

갑작스레 엄청난 반가움과 친밀감을 느꼈다. 전우를 만나면 이런 기분이 들까, 하는 생각마저 들었다. 대체 무슨 사이라고. 짧은 기간 만났을 뿐인데, 무언가를 했다는 충실감과 영원히 잃었다는 씁쓸함이 뒤죽박죽이었다. 하루의 밀도가 짙어서, 멀어지는 여름이 아쉬워서, 열여덟 살 때쯤의 여름 같았다. 고개를 끄덕이고 들어갔다.

"사키는 없어. 여행을 떠났어."

오토히코가 커피를 끓이면서 말했다.

"알아. 전화가 왔어."

내가 말했다. 사키의 공간이 휑하게 정리되어 있어, 또 불안해졌다.

"스이한테서, 연락이 있었어. 너한테는?"

고개를 끄덕였다.

"살아 있어서 다행이지. 정말 그렇게 생각해."

그는 그렇게 말했지만 풀이 죽어 있었다.

"그래, 정말."

그는 그렇게 말했다. 이 사람은 그 편지로 뭘 어디까지 알게 되었을까, 하고 생각했다. 겁이 나서 아무 말도 할 수 없었다. 스이는 보나마나 몇 가지 거짓말을 했든지 선혀 하지 않았든지 어느 쪽이었을 것이다. 어느 쪽이든 스이가 정한 일인 이상 그에게는 어떻게 할 도리가 없다. 편지 소인을 통해 고생고생 그녀를 찾아내서, 또 똑같은 일을 반복하다가 이번에야말로 그 자신이든 누군가를 죽게 하는 것 외에는.

아마 그러지 않기로 결정했기에, 그래서 이렇게 죽을

상을 하고 있는 것이겠지, 하고 이해했다.

활짝 열린 문으로 뜨뜻미지근한 바람이 불어들어 에어컨이 내뿜는 공기와 섞이는 것을 알 수 있었다.

"그 커다란 짐은 뭐야?"

오토히코가 착잡한 목소리로 물었다.

"잠시 여행을 떠나려고."

"브루투스, 너마저. 어디 가는데? 혼자서?"

그가 물었다. 왠지 미안한 기분이 들었다.

"응."

그렇게만 대답했다.

"며칠이나?"

"잘 모르겠어."

"운전해 줄 테니까, 나도 데리고 가라."

그가 말했다. 나는 눈살을 찌푸렸다.

"갑자기 부러워져서 그래. 이상한 짓할 마음은 없고, 그럴 기력도 없어. 여기 있고 싶지 않을 뿐이야. 혼자보다는 둘인 편이 좋잖아. 무슨 도움이 될지도 모르고."

나는 생각했다. 그럼 너도 여행을 떠나면 되잖아……. 그렇게는 말할 수 없는 무언가가 있었다. 그럴 생각은 조금도 못 했다는 표정이었다. 그답고, 실의에 차 있고, 또 지쳐 있기도 했다.

"그럼, 오늘만. 내일은 서로 다른 곳에 가는 거야."

나는 그렇게 말했다.

"알았어. 그럼 내일은 요코하마에 있는 친구에게 갈게."

"마침 잘됐네. 가나가와 쪽으로 갈 생각이었거든."

"떠날 수 있는 빌미만 있으면 돼. 아무튼 답답해서. 고맙다."

오늘 만나, 그가 처음으로 조금 웃었다.

오토히코가 준비하기를 기다렸다가 집을 나섰다. 그리고 차를 빌렸다.

"먹을거리 사 들고 가서, 바다에서 먹자."

"좋지, 모닥불도 피우고."

점차 기분이 밝아졌다. 오랜만에.

고속도로를 타고 바다로 향했다. 일정하게 반복되는 도로의 진동과 속도를 나타내는 벨소리, 스쳐 지나가는 빌딩가와 투명해지는 파란 하늘. 아직은 엷은 반달과 금성의 달콤한 하양.

요즘 생긴 일 전부가 이 저녁에서 밤으로, 거리에서 바다로 가는 경치 속에 포함되어 있는 듯한 기분이 들었다.

때로 그런 일이 있다.

본 것의 아름다움을 마음이 한없이 덮어 버리는 일이. 짙은 것에서 엷은 것까지 모두 마음 안에 폭 감싸여, 지금 이동 중인 이 위치에서 보이는 거대한 천공의, 저토록 높은 하늘의 회전 속 경치에 들어 있었다.

"이제 돌아오지 않으려나."

오토히코가 말했다.

"아마, 다시는……."

내가 말했다.

"몸이 가벼워진 것도 같고, 자신이 사라져 버린 것도 같은 이상한 기분이야."

"몇 년이나 됐어? 만난 지."

"꼬박 6년인가. 더 오래됐나. ……좀 쉬고 싶었어. 그동안 뭘 했는지, 제대로 기억도 나지 않아."

그가 앞을 본 채로 말했다.

"그 후에, 찾아봤어?"

"찾았지, 매일. 형사처럼. 잠도 거의 안 잤어. 편지가 왔을 때는 무엇보다 분해서 눈물이 다 나더라."

"죽었는 줄 알았어?"

"실종된 건가 했지. 하지만 그럴 기운이 없는 것은 피차 마찬가지였으니까, 혹시 그랬나 했던 거야. 낮에는 찾아다니고, 밤에는 매일 그 방에서 기다렸어. 한 시간 간격으로 우리 집 자동응답기에 메시지를 남기지는 않았을까 확인했고."

"그랬구나."

"말은 그렇게 하지만, 그쪽도 고통스럽지 않았을까. ……살아 있어서 정말 다행이야. 최선의 길이었을 거야, 틀림없이."

"그렇게 생각한다면, 잘된 거지."

내가 말했다.

"그래도 오늘 네가 찾아오지 않았더라면, 나 자살했을지도 몰라. ……후훗, 농담이야. 그 편지, 그 정도로 어이가 없었어."

사실일지도 모른다, 하고 잠깐 생각했다.

"해변에서 모닥불을 다 피우다니, 정말 오랜만이다."

저쪽에서 나무토막을 주우면서 오토히코가 말했다. 사 들고 온 것, 폭죽과 와인과 프라이드 치킨을 모래사장에 와르르 내려놓고서.

해변이 이미 어두워, 조금만 떨어져도 그의 모습이 어둠에 잠기고 말았다.

바닷바람 속에서 진짜 바다를 보았다.

상상하면서 보고 싶어 안달했던 것보다 백배는 넓어서, 삼켜질 것 같았다. 파도 소리는 집요할 정도로 크게 울리고, 금성과 달이 하늘 저편에서 줄곧 따라왔다.

"보이 스카우트였지?"

"왜 그렇게 생각하는데?"

모닥불을 피우기 위해 나무를 얽어 쌓는 솜씨가 보통이 아니었다.

"그냥, 왠지 타입이."

"무례하기는. 하지만 해변에서 산 적은 있어."

"언제쯤?"

무슨 얘기를 하든 생기가 없고 귀찮아 보였던 그의 표정이 해변에 와서야 겨우 풀어졌다. 잠자코 핸들을 잡고만 있는데도, 옆에 있었더니 그 내면의 암흑이 절절하게 전해져 왔다. 아, 이거 정말 거의 한계에 와 있군, 하고 생각했다. 이해는 할 수 있어도 시간의 무게는 나눌 수 없다. 해거름이 되면 일어나 스이에게로 갔던 그의 뒷모습이 떠올랐다. 당연한 일이듯 그래 왔던 오랜 나날이 그에게 새긴 깊은 감정의 흐름을 생각했다. 그는 지금 산산조각이었다. 그렇게 보였다.

"아버지가 죽고 얼마 후에, 엄마가 몸이 안 좋아졌을 때, 휴양차 가서 지냈어. 가족 셋이서 모닥불도 피우고 불꽃놀이도 하고, 그곳에서는 친구도 많았으니까 요령은 알고 있지."

"즐거웠어?"

"기억이 잘 안 나. 뭐랄까 현실감이 없었어. 바닷가에 산다는 게."

오토히코는 그렇게 대답했다.

"모닥불은, 훨씬 더 화려한 거 아냐?"

겨우 피어오른 불길이 가물가물해서 해변을 덮은 어둠의 박력이 훨씬 더 강렬했다.

"기다리면서 두고 봐."

아른거리는 불길에 오토히코의 얼굴이 밝게 보였다. 아무 생각 없이 몰두한다, 했던 엄마의 말이 뇌리를 스쳤다. 이런 거였을까? 그는 모래 위에 쭈그리고 앉아 담담하게 나뭇가지를 불에 던져 넣고 있었다.

"와인, 마실까?"

나는 언젠가 스이가 그랬던 것처럼, 그러나 지금은 플라스틱 컵에 와인을 따랐다.

"맛있는데."

와인을 마시면서 오토히코가 말했다.

"밤이 되니까 서늘하군."

"이제 가을이야."

"그렇구나. 그래서 불꽃놀이하기 전에 모닥불 먼저 피우자고 한 거군."

"나중에 불꽃놀이도 하자. 꼭."

"치킨 말이야, 불에 구워 먹으면 맛없을까."

"그러려고 바비큐용 꼬치 사 왔지."

"호, 꼼꼼한데."

"비스킷은 군고구마처럼 호일에 싸서 불에 넣어 살짝 구워 먹어도 좋지 않을까."

"아이디어가 점점 근사해지잖아."

"야외는 네가 전문이면서."

"코펠이나 뭐 그런 게 있으면."

술기운이 돌아 '언제 여기 와 있는 거지, 뭐하러, 이 사람이랑.' 하고 몇 번이나 생각했다. 하지만 요즘 들어 그런 일이 너무 익숙해졌다. 다만 캄캄한 바다에서 울리는 요란한 파도 소리만이 신선했다. 밀려오고 밀려가며 하얗게 거품이 이는 파도. 짙은 바다 향. 자글자글한 모래의 감촉. 호를 그리면서 소리 없이 숨 쉬고 있는, 저 먼 수평선. 가물가물 반짝이는 해변의 불빛. 해변 도로를 친친히, 인공위성처럼 달려가는 차의 헤드라이트.

어둠이 짙어지자 비로소 불길도 활활 타올랐다. 타닥타닥 불똥이 튀며 모래사장을 하얗게 비추었다. 그리 커다란 모닥불도 아닌데 파도 소리마저 지워 버릴 듯한 불 소리가 어둠을 차단하고 있었다.

"불은 아무리 보고 있어도 싫증이 안 나네."

"응."

반들반들 빛나는 바다가 마치 무대 장치 위에서 매끄럽게 흔들리는 검은 천 한 장처럼 보였다. 미묘하게 색이 다른 하늘과 맞닿는 부분도 기운차게 펄럭이는 패치워크처럼 보였다.

나는 가방에서 주섬주섬 상자를 꺼내 불속에 던졌다.

그것은 한동안 유난히 훨훨 타오르더니, 무슨 냄새를 풍길까 조금 우려했는데 그런 일 없이 바닷바람을 타고 사라져 버렸다. 화장터보다 한결 좋은 장소였다.

"엄숙한 기분인데."

오토히코는 그게 무엇인지 알고 있는 것일까? 내가 물었다.

"뼈잖아."

그가 나를 보지 않고 대답했다. 나는 불길을 향해 두 손을 마주 잡았다.

"다 들었나 보네."

"그 녀석, 무슨 일이 되었든 다 조잘거리거든. 무서운 일에서 아무래도 상관없는 일까지, 시시콜콜. 그래서 아는 거지. ……편지에서는 괜히 폼을 잡았지만."

"그렇구나."

그가 알고 있다. 서로가 알고 있다. 하지만 이제 같이 있지 않다. 어쩔 수 없다. 그와 그녀 가슴에서 수없이 거듭되었을 파도 같은 결심의 울림.

"부끄럽지만 사실은 나도 가져온 게 있어."

오토히코가 말하면서 가방을 뒤적거려 얇은 타이프 용지 다발을 꺼냈다.

"뭔데 그건?"

나는 깜짝 놀랐다.

"아버지가 쓴 99번째 스토리."

그는 그것을 한 장 한 장 태웠다. 한 장 한 장 춤을 추듯 한들거리며 타올랐다.

"본인에게 받은 거야?"

"응. 죽기 전에 내 앞으로 보냈더라. 보내는 사람이 익명이었어. 엄마에게 보였더니, 내가 갖고 있어야 한다고 해서."

"그럼, 스이가 갖고 있던 건?"

"사키에게 보낸 거 말이지? 그건, 내용은 똑같지만 스이의 글씨야. 아버지가 잠든 틈에 베꼈겠지, 아마."

"그런 거였구나……."

그날의 스이를 떠올렸다.

"말을 안 했나 보군."

"그러면, 원본을 갖고 있다는 걸 너는 스이에게 말 안 했어?"

"어떻게 그런 말을 하겠어."

"사키에게는?"

"안 했지. 스이가 자기 걸 보여 주는 건 상관없지만, 다른 사람도 갖고 있는데, 그 사람이 나나 사키라면 너무 가엾잖아. 자기만의 아빠 추억이라고는 그것밖에 없는데."

"그랬구나. 알고 있었구나."

나는 어둠 속에서 아빠의 원고를 베끼는 10대 전반의 스이 모습을 상상해 보았다. 타이프 용지는 검고 가벼운 덩어리가 되어 부는 바람에 해변을 데굴데굴 굴러다녔다.

"말이 나온 김에 지금이니까 얘기하는데, 너, 98번째 스토리 좋다고 칭찬했잖아. 마지막 부분. 그거, 내가 쓴 거야."

"뭐?"

나는 잠시 말을 잃고 말았다.

"98번째는 우리 집에 있었고, 아직 완성이 안 된 상태였어. 막 만났을 무렵에, 스이가 꼭 보고 싶다고 졸라대서 몰래 들고 나왔는데, 마지막 부분이 없었어. 스이 얘기를 쓰기는 했는데, 망설였던 탓이겠지. 끝나지 않은 스토리의 끝부분이 무척 서글펐어. 그리고 그때 이미 나는 그녀가 99번째 스토리를 갖고 있다는 것을 알고 있었고. 스이는 돌아오지 않는 엄마를 포기하고 일본에 돌아와 친척집에 몸을 의지하고 있었는데, 사이가 좋지 않았어. 그래서 급하게 내가 덧붙여 썼던 거야. 그랬더니만 그걸 그녀가 쇼지 씨에게 들고 가 버렸어. 98번째 스토리만. 그렇게 된 거야."

나는 아무 말 하지 않았다.

"다 지나간 옛날 얘기지."

그가 말했다.

"이제 닭이나 구울까. 아 참, 뼈를 태운 다음이라 좀 그런데."

"사람이나 새나 고기야."

"하긴 그렇군."

오토히코가 웃었다.

"아, 속이 후련하다."

"나도."

"앓던 이가 빠진 기분이야."

"나도. 게다가 내내 바다에 오고 싶었어."

치킨을 먹으면서 나는 말했다. 오토히코는 불길 속에서 비스킷을 꺼내면서 대답했다.

"무슨 말을 해도 기분이 좋은데. 내가 취한 건가."

호일을 열었다. 고소한 냄새가 났다.

"역시, 좀 탔다."

오토히코가 웃고는, 말했다.

"요즘 사람과 얘기를 안 한 탓도 있으려나."

"불 때문일까."

"이 바람 때문인지도 모르지."

"바다 앞에 서면 사람은 마음을 연다고 하잖아."

"아무리 하찮은 일도 좋은 일인 것 같고 말이지."

"그리고 무슨 말을 해도 파도에 실려서 멀리 떠밀려가고."

"이게 해방감이란 거야."

"그렇겠지. 와인, 미지근해도 맛있네."

"아이스박스에 넣어 둘까."

"한 병 들어 있어."

"오길 잘했네. 즐겁고. 고맙다."

"응, 나도. 같이 오길 잘했지. 이렇게 대대적인 캠프, 혼자서는 힘들잖아."

비스킷을 먹었다.

"달이 새하얘."

"응, 아주 조그맣게 보이고."

"모닥불이 밝아서 안 보이지만, 별도 많이 떠 있겠지."

"그러게. 은하수도 흐르고 있지 않을까. 이렇게."

그가 한 손으로 하늘을 크게 가로지르며 강을 그렸다.

"한가운데는 백조가 떠 있고."

"사람은 아무도 없고."

"그래, 아주 조용하고."

빙 몸을 돌리자, 휴양지답게 해변을 빙 둘러싸고 거대한 호텔이 몇 채나 솟아 있었다.

"저 창문에서 이 불이 보일까."

"어디서 묵지."

"저렇게 많은데, 빈 방이 없으려고. 금방 찾을 수 있을 거야."

"창문에 불이 켜져 있지 않은 방은 비어 있다는 뜻이 겠지."

"그냥 자고 있는 것일 수도 있지. 외출을 했을지도 모르고."

"그래도 저렇게 많으니까. 게다가 평일이고."

"저 들창, 멋진데. 꽤 섬세하게 만들었어."

"이쪽은 건물이 별장처럼 생겼어."

"분위기가 일본 같지 않다."

"돈 있어?"

"카드 있어."

"나도 잔뜩 가져왔어."

"여행을 계속하려면 아껴 써야지."

그가 웃었다.

여행이 내내 계속될 것 같은 기분이었다.

"나중에 호텔 바에서 한잔 더 하자."

"좋아. 따끈한 거 마시고 싶다."

밤이 깊어 가면서 침묵을 에워싼 파도 소리가 또렷하

고 선명하게 들려오는 것 같았다. 눈앞에 펼쳐진, 드넓은 풍경이 마음속에 쌓인 울적한 것들을 말끔하게 쓸어가고 그 자리에 맑은 대기가 차올랐다. 그런데도 언제까지나 사라지지 않는, 빛나는 것은 남아 있었다. 고요했다. 영원히, 이제 세계가 끝나는 듯한, 순결한 밤이었다.

이런 밤의 이미지였다. 그 소설의 마지막 장면. 희미하게 들려오는 인어의 구슬픈 노랫소리. 비늘에 덮인, 만질 수 없는 하반신. 투명한 머리카락 너머, 고개 숙인 옆얼굴. 달빛. '아름다운 그녀를, 영원히 사랑하리.'

"그 장면, 네가 쓴 거야? 아빠인 척하고서?"

"새삼스럽게 확인하기는."

"어째 거기만 문체가 전혀 다르다 했지."

"말하면 안 돼."

"스이에게? 사키에게?"

"누구에게든, 어느 쪽이든."

"스이는 이제 다시 만날 수 없어. 뭐가 우편함이라는 거야."

"우는 거야?"

나는 살짝 울고 있었다. 만약 이곳이 해변이 아니었다

면, 그 부재의 절실함이 이렇듯 강렬하게 밀려오지는 않았으리라. 오직 헤어지기 위해서 함께했던 여름. 뒤에 남아 계속되는 친구 사이. 하지만 그녀는 이제 만날 수 없다. 오후에 전화가 걸려 오는 일도 더는 없다.

"울지 마. 나도 울고 싶어지잖아."

"이제 다 울었어."

"그럼, 그래야지."

정말 울음이 터질 것처럼 한심한 얼굴로, 오토히코가 말했다.

"같이 자 줄까?"

"그건 내가 할 말이지."

"너를 좋아하는 건가."

"됐어."

"가을이 오면 생각하자."

"그래."

내가 말했다.

"그렇게 하자."

오토히코를 보았다. 눈물에 번진 하늘과 바다와 모래와 흔들리는 불길을 보았다. 아찔한 속도로 한꺼번에 머리에 들어와, 눈앞이 빙빙 도는 것 같았다. 아름답다, 모든 것이. 이 여름에 일어난 모든 일이, 미치도록 격렬하고 아름답다.

작가의 말

자신의 영화 「엘 토포」에 대해 호도로프스키 감독 자신이 "If you're great 'El Topo' is a great picture, if you're limited 'El Topo' is limited." 이라는 말을 했죠. 저는 그 말이 무척 마음에 들어, 스이를 그런 인물로 존재하도록 하고 싶었습니다. 읽는 이에 따라 미천한 여자로도, 보살로도 비칠 수 있는 소우주로 말이죠.

하지만 제가 생각한 대로 그리기에는 역부족이었습니다. 그 점은 참 분해요. 그러나 아무튼 『슬픈 예감』에서 아쉬움을 남겼던 부분을 한껏 다뤄, 후련합니다. 그리고 이 작품에는 지금까지 제 소설의 모든 테마(레즈비언, 근친 끼리의 사랑, 텔레파시와 공감 능력, 오컬트, 종교 등등)를 최대한 적은 수의 인물과 좁은 동네에 함께 쏟아부은, 이상한 공간이 담겨 있습니다.

돌이켜 보면 이 소설을 쓰고 있었던 1년 반가량은 제게 여러 가지 의미에서 아주 힘겹고 흥미로웠으며 행복한 기간이었습니다. 늘 자신이 잘 못하고 있는 기분이 들었지만, 첫 걸음은 또 늘 그렇게 시작된다는 느낌이었습니다.

저를 포함해서 제 주위, 또 당신을 포함해서 당신 주위에는 '골치 아픈' 사람들이 참 많습니다. 살아가기 힘든 무엇, 재능이나 결손 등을 언제나 부둥켜안고 인생을 걸어가는 사람.

하지만 이 세상을 사는 어떤 사람도, 주위에 상관없이 자신이 있고 싶은 위치에서 마음껏 살아도 좋다는 사실을 잊어버릴 것만 같아, 잊지 않으려는 강한 마음으로 작품을 그리고 싶었습니다.

이 소설이 완성되기를 오래 참고 기다려 주신 가도카와 서점의 나카니시 지아키 씨, 다카야나기 료이치 씨. 담당도 아닌데 늘 격려해 주신 이시하라 마사야스 씨. 취재에 기꺼이 응해 주신 번역가 오자와 리호 씨에게 진심으로 감사드립니다.

그리고 1년 반 동안 저를 지켜봐 주신 모든 분들,

격려의 편지를 보내 주신 분들, 그리고 무엇보다 이 책을 읽어 주신 모든 분들,

정말 감사합니다.

감기에 걸린, 화창한 오후

감을 먹으며

요시모토 바나나

옮긴이 **김난주**

1987년 쇼와 여자대학에서 일본 근대문학 석사 학위를 취득했고, 이후 오오쓰마 여자대학과 도쿄 대학에서 일본 근대문학을 연구했다. 현재 대표적인 일본 문학 전문 번역가로 활동하며 다수의 일본 문학을 번역했다. 옮긴 책으로 요시모토 바나나의 『키친』, 『하드보일드 하드 럭』, 『하치의 마지막 연인』, 『암리타』, 『불륜과 남미』, 『하얀 강 밤배』, 『슬픈 예감』, 『아르헨티나 할머니』, 『데이지의 인생』, 『그녀에 대하여』, 『안녕 시모키타자와』, 『막다른 골목의 추억』, 『사우스포인트의 연인』, 『도토리 자매』, 『스위트 히어애프터』 등과 『겐지 이야기』, 『모래의 여자』, 『가족 스케치』, 『훔치다 도망치다 타다』 등이 있다.

N·P

1판 1쇄 찍음 2016년 3월 21일
1판 1쇄 펴냄 2016년 3월 31일

지은이   요시모토 바나나
옮긴이   김난주
발행인   박근섭·박상준
펴낸곳   (주)민음사

출판등록 1966. 5. 19. 제16-490호
주소   서울특별시 강남구 도산대로1길 62(신사동)
          강남출판문화센터 5층 (우편번호 06027)
대표전화 515-2000 | 팩시밀리 515-2007
홈페이지 www.minumsa.com

한국어판 ©민음사, 2016. Printed in Seoul, Korea

ISBN 978-89-374-3273-6 (03830)